U0840654

THE LITTLE BIG THINGS

胜利的感觉真棒！

〔英〕亨利·弗雷泽 著

张三天 译

南海出版公司

新经典文化股份有限公司
www.readinglife.com
出　品

献给总是陪伴着我的母亲、父亲，以及我的兄弟汤姆、威尔和多姆。为了让我过上自己的生活，你们为我付出了很多。没有你们，就没有现在的我。

献给我的朋友们。从一开始，你们就一直在我身边。你们从未将我的残疾视为一种障碍，反而与我一起创造新的回忆。

目录

J.K. 罗琳　推荐序

在我见过的人中，亨利·弗雷泽着实令人印象深刻。

亨利帅气、聪明、有才华，大多数人都会认为做人如此就该满足了。可那时改变他人生的意外尚未发生，亨利还未完全展现出自己的出类拔萃。后来，他和朋友们一起去度假，潜入水中，就在那一秒，一切都改变了。

一次偶然的机会，我得知了亨利的故事。当时我正在写一部侦探小说，为了查找某个比赛的详细信息，我打开了萨拉森人橄榄球俱乐部的网站。网站上亨利的故事吸引了我。秉持着所有小说家做调查时的伟大传统，我立即放弃了原本该做的事情，读起了这份更加有趣的内容。

几周后，我的朋友兼代理人尼尔·布莱尔向我讲述了一个年轻人的故事，他刚刚成为这个年轻人的代理人。这个故事和亨利的很像，“尼尔，你说的难道是亨利·弗雷泽？”

于是，由于我们拥有共同的代理人，我和亨利有了交集。我们先是在网上聊了一段时间，后来在画展上见了第一面。那次画展记录了他用嘴作画的整个历程，从最初潦草的作品到之后那些美好的、完成度很高的作品。那天晚上，他做了一次演讲，我确信所有听过的人都不会忘记。他真诚而谦逊，坦率大方地讲述了他遭遇的意外和适应新生活的过程，以及他是如何努力过好意料之外的人生的。这些经历让人难以置信。

我关注了亨利的推特账号，时常和他私信聊天。绝大多数人和我一样，对他钦佩又敬畏。不过，我也发现他受到了另一种评价。某个女人说亨利从海滩上跳进水里是在犯蠢，因此遭受了惩罚。某个男人则嘲讽亨利是在骗人：如果真的瘫痪了，还怎么用推特？

从这些不请自来的评论中，你能嗅到恐惧的味道。接受亨利的故事是真实的，似乎就意味着你要去细想世间存在的挑战和艰难，而这正是某些人特别不愿面对的。在漫长的一生中，任何人都可能突然遭遇不可避免又无法挽回的变故。随意地指责别人，不过是在回避这个简单的事实。

我们人类比自己想象中更加脆弱。命运逼迫亨利·弗雷泽走上了一条艰难的路，谁也不可能为此做好准备。他不得不独自寻找门径，回归有价值的人生，这个过程再次突显了他非同寻常的坚韧、勤奋和聪慧。他会在身体和精神上鞭策自己，在每个方面都追求超出预期的发展，还会为自己关注的事业筹款。他的人生之道也都体现在他的每一幅画作中。

接受现实和心怀渴望并不互斥，亨利就是生动的明证。我们中有多少人能发自内心地说自己接受了生活的现状，同时又尽了最大的努力去生活呢？对现实的局限感到不满可以理解，但有时我们只是把局限当作借口，没有真正地行动起来，更没有尽到最大的努力：无论是为我们自己，还是为他人和这个世界。

亨利仍然帅气、聪明、有才华，现在又多了某些更为罕见的特质：他成了一个可以真正激励他人的人。令人印象深刻的并不是发生在他身上的事，而是他自己做出的改变。这本书只是他最近取得的成就之一，认识他的人都相信，他还会取得更多的成就。我真的很荣幸能够和他成为朋友。

第一章　一瞬间

ONE
BRIEF
MOMENT

那时，生活还很美好。中学第六学级[①]的第一学年，我在新学校的生活丰富多彩——有橄榄球、社交生活，伦敦也给了我无边的冒险感和可能性。夏季考试结束后，新同学们邀请我一起去度假，我毫不犹豫地答应了。我们这群人关系很好，经常成群结队地在校内校外闲逛，在橄榄球场跑来跑去。因此，第一学年结束的时候，我们决定一起去葡萄牙的卢什海滩，在别墅中和阳光下度过一周。

但是，我差点儿就没去成。在登机闸口，办理完行李托运并且过了安检之后，检查登机牌的工作人员告诉我，我的护照过期了，无法登机。行李被卸了下来，我不得不掉头折返，遗憾地踏上回家之路。我

① 英国中等教育的高级阶段，学制一般为两年，主要面向 16–18 岁、需要考大学的学生。（本书注释若无特殊说明，均为译注。）

径直离开闸口，乘火车回了赫特福德郡，心想自己的葡萄牙之行应该是泡汤了。在此之前，我们一家人很少一起出国旅游，所以在我出发之前，谁也没想到要检查一下护照。回家之后，我既烦闷又失望，告诉妈妈，遇上这种烦人事，我很难再及时出发，赶上行程，所以还是不去了。幸运的是，我的父母非常善解人意。他们明白这次度假对我有多大的意义，于是尽力做了父母能做的事：爸爸请了一天假，带我去了利物浦——距我家二百多英里，是能够快速办理新护照的最近的地方，同时妈妈为我重新订了一张去葡萄牙的机票。我没遇到太多的麻烦，第二天晚上就和朋友们一起吃晚饭了。

成功到达葡萄牙弥补了我的遗憾。我天性害羞，独处时感觉更自在，却非常喜欢新学校的环境。我和哥哥威尔一样，在获得GCSE证书[①]之后，就拿着体育奖学金成为德威学院的寄宿生，并且加入了“第十五”

① 即 General Certificate of Secondary Education，相当于中国学生的初中文凭。

橄榄球队，作为侧翼和中锋为球队效力一年。我的大多数朋友都来自这支球队，身为这个团队的一分子对我非常重要，无论在场上还是场下。

晚一天到葡萄牙并没有对我产生什么影响，虽然当地的床垫硬邦邦的，睡着很不舒服，但我很快就跟上了度假的节奏：每天睡到很晚，吃完早餐就去海滩玩橄榄球、晒日光浴、游泳嬉戏，然后回别墅和大家一起做饭。我的朋友马库斯和雨果以前经常来阿尔加维[①]这一带，所以和当地的一些同龄人及常客的关系很好。晚上，我们会跟他们的一些朋友碰头，一起到拉古什[②]通宵玩乐，凌晨才回家，还去看了一两次日出。这是我第一次在没有大人的陪伴下出国度假，我想认真度过每分每秒，无论是白天还是夜晚。

到了第五天，和前几天一样，我们玩了一会儿橄榄球，就在海滩上躺了下来。通常下午三点左右，海滩上会迎来好多家庭，孩子们在海里和沙滩上玩耍、

---

① 葡萄牙南部的一个大区，旅游胜地。

② 位于葡萄牙阿尔加维区的一个渔港城市。

奔跑。阳光越来越炙热刺眼，罗里和马库斯决定下水凉快一下。我之前已经在海里游过泳，知道海水多么凉爽。看着他们的身影，我突然也想再次感受一下一头浸入水中、身体迅速降温的瞬间。我尽量避开正在平坦湿润的海滩上堆沙堡的孩子，追赶上他们。

我冲入海里，直到海水漫过腰际，然后就像之前已经做过成百上千次的那样，头朝下潜入水中。但是这次，下潜时我的脑袋撞到了海床。再睁开眼睛后，我发现自己浮在水面，脸部朝下，双手毫无生气地垂着，脖子以下全都不能动了。海水的寂静刺痛了我的耳朵，那是我听过的最可怕的声音。我一动不能动，无法呼吸，即便只有几秒钟，也显得无比漫长。我既害怕又无助，只能一遍又一遍地祈求上天，让我活下去，让我能够呼吸。我想，自己怕是要到此为止了。

我听见马库斯问我要不要紧。我听见雨果大喊："弗雷泽，别闹了。接住这个。"话音刚落，一个球砸到了我旁边的水里。我必须告诉他们，我没有在闹着玩，但用尽全力也只是把头稍微朝另一边转了转——

这一点微小的移动既救了我的命，也不可挽回地改变了我的人生——我从水里露出了半张嘴，大喊道：“救救我！”我听见雨果喊来了马库斯，他们一起把我从海里拖到了海滩上，让我平躺在那里。所有的同伴都围了过来，他们都很慌张。“对不起，朋友们，”我勉强出声，“我可能把这次度假搞砸了。”他们还没来得及说什么，我就感觉到有人托起了我的头，叫我不要动。两个英国人——他们碰巧曾经是橄榄球教练——看到同伴们把我从水里拖出来，立刻赶过来帮忙。他们非常小心地抬起我，把我放到了一个冲浪板上。我冷得瑟瑟发抖，他们给我盖上了毛巾。叫斯图尔特的那位前教练托住我的头，用冷静而坚定的语气告诉我不要害怕，说很可能只是脖子受到了挤压，救护车正在来的路上。他问我右手还能不能动，我以为还能，后来却被告知那只是我的身体在抽搐，并不是有意识的动作。

奇怪的是，起初我并不恐慌，只是觉得周遭的一切似乎都变成了慢动作。我仍然能听到海浪声、孩子们玩耍欢笑的声音，仍然能感觉到阳光照在脸上。时间一分一秒过去，我的身体依旧毫无感觉，无法动弹，我这才开始恐惧起来，整个人不知所措。我产生了某种幻觉，仿佛自己站起来了，恢复如初，但同时又意识到一个严峻的现实：非常非常糟糕的事情正在发生。

之后事情进展得很快。医护人员到了，用支架撑起我的脖子，把我放上担架，抬着我穿过海滩，那里有一架直升机等着送我去医院。朋友们小跑着跟了上来，我问能否让马库斯陪我，却被医护人员拒绝了。这时，我还没有失去知觉，于是恐惧地大叫起来，如果不是医护人员一直握着我的手、和我说话——她那不怎么标准的英语温柔而亲切——去医院的路途会令我更加难熬。她说我表现得很好，让我努力呼吸，还说我会被送到里斯本最好的医院，那里有最好的医生，无论发生了什么，一切都会好起来的。我当时意识到，陌生人的善意是如此美好。

就像医疗剧里演的那样，我被手推车推进了急诊室的大门，医生护士正在那里等着我。送我来的医护人员和我告别并祝我好运，她离开的时候，我忽然意识到：没有人知道我在哪里。我极其渴望见到自己的父母。身边的人在不停地讨论，但我听不懂他们在说什么。我询问能否打个电话给我父母。可没有时间了。他们让我马上去照 X 光。这个过程花了些时间，中途有一会儿我可能还失去了知觉，因为后来突然感觉有滑腻的东西涂在了两颊，然后就像是——结果也确实是——有人在我脑袋的两侧拧上了螺丝钉。我被放进一个巨大的金属支架，一束光照在我的脑袋上，我的身体则被固定在加了一定重量的滑轮系统上。医生们希望通过拉伸我的脖子，让我完全脱位的第四节脊椎复归原位。但能不能成功，只有时间会告诉我们答案。

我渴望见到父母。我不知道这个世界上还有没有人知道我在这里。那天我早餐吃的是煎蛋，心里唯一有点担心的是自己的考试成绩，此刻却遭遇了这种事：不能动弹，全身好像被沙子盖住了一样，躺在一张陌生的床上，脖子挂着二十公斤重的东西。我看着时钟倒计时，负责照顾我的护士则握着我的手，与此同时，我开始了一个又一个噩梦。

当天晚上，我的父母其实就已赶来，但我当时并不知道。一位医务人员告诉我的朋友们，我离开海滩后被送去了波尔蒂芒[①]的一家医院，所以那天接下来的时间里，他们都在疯狂地找我。后来，他们碰巧遇到了一位当时去了海滩的医护人员，她推断我应该被送去了三百公里之外的里斯本。里斯本共有四家医院，在马库斯和雨果会说葡语的朋友的帮助下，他们最终成功在圣若泽综合医院找到了我。之后，他们打电话给马库斯的父亲，他是一名医生，是他将这个噩耗告诉了我的父母。

父母一到医院就想见我，却被告知我还没有“准备好”。他们先被带去见了主治医生，医生直接告诉他们，我的脊髓严重损伤，以后再也不能走路或活动胳膊了，余生都将在颈部以下高位截瘫的状态中度过。

① 葡萄牙南部阿尔加维区人口最多的城镇之一。

直至今日，我依旧难以想象父母当时受到的打击。他们上一次看到我时，我还正开心地举着新护照，兴奋地冲出家门。我是四兄弟中的老三，我们全家人都很重视体育活动，常常跑步、游泳、打橄榄球。运动是我们共同的嗜好。可现在，我成了这样。

很久以后，妈妈告诉我，爸爸当时惊慌到不能言语，她则尖叫了起来。在妈妈平静一些之后，经验丰富的医生冷静地告诉他们，现在是我最需要他们的时候。从我见到他们的那一刻起，他们必须鼓起全部的勇气，尽可能地坚强和积极。他们不需要假装高兴，也不必强作乐观，但一定要冷静，要成为我坚强的依靠。医生看着我妈妈，告诉她："弗雷泽夫人，你们的儿子此时尤其需要你们。你们别无选择。从现在开始，你们必须成为他的支柱。"

对妈妈而言，这些话唤醒了她多年前的记忆。她想起了她十三岁的妹妹因脑部脓肿而倒下时，她和自己的母亲一起身处急诊室的场景。护士扶住她母亲的肩膀，告诉她："华莱士夫人，控制好情绪。你必须坚强起来。”我的外祖母记住了那些话。回想及此，妈妈知道她只有一个选择。她要求立刻见我。

其实不必嘱咐，父母也会陪在我身边，他们对我的爱始终是无条件且持之以恒的。但是他们确实需要知道，从见到我的那一刻起，他们对我的情况展现出的坚强和乐观，将成为帮助我接受和适应现状的关键，他们还需要帮助我构想和计划接下来几天、几个月乃至几年的生活。

父母站到我的床边时，我忍不住哭了出来。“我很抱歉，妈妈，爸爸，”我说着，想要表现得坚强一些，“我做了件特别蠢的事。”

妈妈立即说：“不，你没有，亨利。无论发生什么，我们都会一起挺过去的。”听到这些话，我知道自己不是孤身一人，无论接下来发生什么，父母都会一直陪在我身边。我很难说清他们的这番话对我而言意义有多重大，至少那让我意识到自己不会独自面对接下来的未知了。在危机面前，他人的支持很重要，能让你相信自己还可以坚持到下一分钟，再下一分钟，当时的我比任何时候都需要这种支持。就算早就知道他们会在我身边不离不弃，但听到他们说出口的那一秒，仍是我人生中最重要的时刻之一。

直到那时，我都感觉还好。虽然害怕，但是身体还不算难受。唯一一次感到疼痛，是在他们对我的脑袋施加牵引的时候。说起来还挺讽刺的，明明受了这么重的伤，却没什么其他的感觉。我的体温和血压一直还算稳定，虽然脑袋上加了重量，但还能说话。不过，也许是因为之前我一直是靠肾上腺素在支撑，父母到医院后不久，我的心率和血氧水平便快速下降。我再次被紧急推去做了 X 光，以评估牵引治疗的效果。令人绝望的是，由于我一直练习橄榄球，身强体健，脖子上肌肉太多，这次脑袋又撞得太重，这些肌肉进入了紧张板结的状态，以至于我的脖子根本没有被拉动，连一毫米都没有。在这种情况下，再加上心率急速下降，我被送进了手术室。手术持续了七个小时，医生切开了我的前颈部，想把脊椎对齐。但手术并没有成功。

就是从那时起，事情变得越来越无望了。从麻醉中清醒过来的瞬间，我意识到，自己的人生发生了不可逆转的改变。我的情况和前一天完全不一样了。两根输送管插进我的嘴里，深入咽喉，我也开始依靠呼吸机呼吸。还有一根粗一些的管子从鼻子伸入胃部，这是因为我将有相当长的一段时间不能吃喝，要靠喂食管摄入特殊的补给液。我还挂着静脉点滴，注入抗生素。我当时还不知道，自己其实感染了葡萄球菌和肺炎。

如果说撞到脑袋时，我以为自己已经陷入恐慌，那其实大错特错了。眼下才是真正的恐慌。我被恐惧和绝望折磨着。我很愤怒，迫切地想从床上起来，自由走动，但我动不了胳膊，也动不了手，由于嘴里和咽喉里插满了输送管，甚至无法表达自己的想法。我内心的狂躁不安对身体产生了严重的负面影响，出现了焦虑和恐慌的症状，心率急剧下降，甚至一度接近零，监测屏上几乎都没有反应了。在接下来的一星期里，这种情况发生了七次，每一次我都完全失去了知觉。每到这时，监测器会发出警报，护士们会赶到我的床边。有一次，是护士迅速在我的喉咙处打了一拳，才让我脱离险境。

我的心脏功能在衰退，而且衰退得特别快。我隐隐约约感觉到，他们给我安了心脏起搏器，以调节我的心跳。机器就放在我的头边，嘀嗒声特别大。我时常发烧到神志昏迷，这让我愤怒、沮丧，想要脱离这具无用的身体，把它抛弃在床上。

接下来的几天都是活生生的噩梦。我的病情危重，所有旨在修复脊椎、治疗脖子永久性损伤的方案都暂停了，因为再做一次手术的风险太高。要不是想到父母，我情愿一觉睡去，不再醒过来。但他们一直陪伴着我，坐在床边给我读书，让我一起想填字游戏的线索，不停地和我交谈，给我讲故事，给我读哥哥弟弟、亲戚朋友以及所有知道我情况的人写来的信。我们研究出了一种方法，让我能够（尽量）表达自己的想法：他们在字母表上一个个地指，指到正确的字母，我就发出某种声音，然后他们继续指下一个字母。全部字母都指出来后，便把它们写下并读出来。好在我们有足够的时间进行“交谈”。做一个关于英国大厨的小测试时，我花了四十五分钟才让他们拼出詹姆斯·马丁。我知道下一个问题的答案是安东尼·沃勒尔·汤姆森，但我保持了沉默。

父母很少说起他们当时承受的巨大压力和恐惧，只是无条件地守在我床边，给予我爱与支持。直到现在，这仍令我感慨。后来，在我的询问下，他们才告诉我那段日子是多么无望和可怕：独自待在一个语言不通的国家，不确定我能否挺过来，可怕的事情接连而至。他们不得不放下手头的一切，把年纪尚小的弟弟托付给其他人，暂时停止工作；他们也必须接受一个可怕的现实：从现在开始，可能再也过不上以前的生活了。即便如此，他们也从未崩溃过，靠着强大的意志力和夫妻间的相互扶持挺过了那些日子。这教会了我一个道理：无论是谁，在爱的包围下，都可以直面黑暗并且跨越过去。

随着高烧退去，第一次手术留下的创伤逐渐好转，我迎来了拯救脖子的最后机会，这一次整个后背都要接受手术。我仍记得自己被推去手术室时看到的天花板上的灯。我所住的病房位于这家医院的现代区域，充满高科技时髦感；而医院的另一部分建在旧修道院的遗址上。穿过走廊的时候，我想，如果醒来后还能走路，我再也不会把任何事当作理所当然了，再也不会。

这次的手术很成功，通过调整受损的脊椎，令其归位，医生重新对齐了我的脖子。我脖子的损伤不会再加重了，这是一个重大进展。但我醒过来时，其实感觉不出什么变化。和之前一样，我仍在发烧，无法活动，不确定接下来会怎么样。就在父母离开房间，找医生谈话的时候，来给我做检查的护士告诉我，我的四肢再也不能动了。而我只是想：什么？这太荒唐了。我的大脑无法处理他说的话，只觉得这不可能是真的。现在回想起来，我一定是开启了某种自我保护机制，只把这些可怕的话语当作侵入大脑的混乱想法，以免受到它们的伤害。过了很久很久，我才明白这些话的真正含义。

葡萄牙的医生团队已经修复了我的脊椎，短期内也做不了别的什么了，我只能坐飞机回家休养。我在慢慢地退烧，慢慢地走出噩梦、恐慌和悲伤，尽管有时只有几秒钟的时间。回顾那段日子经历的创伤和痛苦，我仍能捕捉到一些快乐的时刻，尤其是我和父亲一起看二〇〇三年橄榄球世界杯决赛光碟的时候。晚上，病房里安静下来，父母外出吃饭时，我会小睡一会儿，在昏沉发热的梦里看见各种各样奇异的幻觉。

第二章　了不起的小事

THE
LITTLE
BIG
THINGS

从葡萄牙回英格兰的过程是痛苦的，但那时我还没有真正意识到这是为什么。父母和我自己都不知道，当时我不仅感染了葡萄球菌和肺炎，还患上了败血症。起初，飞行人员和医护人员拒绝让我乘机，因为我的身体实在太虚弱，但经过葡萄牙医生巧妙的沟通，他们最终同意让我们乘飞机回家。旅途中，我服用了大量镇静剂，但仍旧非常不舒服，途中还几度恐慌症发作。

一到达白金汉郡的斯托克·曼德维尔医院，为了避免传染其他病人，我被安排住进了重症治疗室的一间侧屋。我记得自己在一个又黑又小的房间里醒来，没有窗户，也没有自然光。自从离开海滩，我已经有两个多星期没看过外面的世界了，很渴望见到自然光。我身上到处都插着管子，连接着通常价值几百万的仪器。唯一值得庆幸的是，我在葡萄牙时做了气管造口术，连接呼吸机时就不需要在嘴里插管子了，只需要在喉咙前部插一根更细的管子。这意味着我可以说点儿话了，不过你得尽量靠近，最好是把耳朵贴近我的脸，才能听清我说的话。心脏起搏器的嘀嗒声也不再让我心烦意乱，它被植入到了我的锁骨附近。

回到英国之后，我迫不及待地想见到兄弟们。我们从来没有分开过这么长的时间，我需要他们在身边给我力量和支持。我们兄弟几个格外亲密，即便也爱相互较劲，但有一种无形的羁绊联系着我们，不管我们身在何处、在做什么。我之前说过，运动是我们的嗜好——板球、游泳、足球……所有能叫上名字的运动——但是我们最爱的是橄榄球。这是受父亲的影响。在我们出生前，他曾效力于一支地方球队。而自从有了人数占四分之一个球队的孩子（他自己都有些不敢相信），他便把对这种美妙运动的喜爱传递给了我们兄弟四人。我们刚会走路就经常在外面练习传球、反冲、抢球，有时也会发生肢体或言语冲突。长大一些后，我和威尔会与汤姆、多姆进行二对二的对抗，地点通常是在花园里，有时也在家门前的碎石路上。对抗通常以争吵和哭泣告终，但无论前一天发生了什么，第二天放学后，我们仍旧会冲出去重新开始比赛。因为在争球运动中一次又一次练习，我们后来都进了学校球队或地方橄榄球队，还常常代表赫特福德郡参加伦敦和东南赛区的比赛。

我发生意外时，大哥汤姆正在伯恩茅斯大学攻读广告专业学位，再过一年就要毕业了。二哥威尔是职业橄榄球运动员，因为脚踝要做手术，刚暂停了南非的训练回到家中。我的弟弟多姆正在上初一。我已经有三个多星期没见过他们了。这下终于要和他们见面了。

但我没有太多的感受，仿佛内心已经关闭了。这很古怪。就好像我明明在那里，无助地躺在床上，却又不在那里。我接受着如此强力的药物治疗，身体又受到了严重的创伤，以至于进入了一种异常的状态：仿佛身陷幻境，看不清发生了什么，也没有任何的感觉，无论身体上还是心理上。但是，兄弟们第一次来病房看我的时候，我再次有了真实感，从他们的眼中看到了自己，看到了自己完全无助的样子。我们都失控地大哭起来。等我们恢复平静，妈妈才和医生护士一起进入病房。每次回想起那个时候，我都忍不住想流泪。

但我们的泪水并非完全出自悲伤。不管怎样，我们又在一起了，当我脸朝下沉在水里、在葡萄牙多次停止心跳时，本以为一切都已结束，可此时我又回到英国，和兄弟们团聚了。我还活着，虽然不算活蹦乱跳，但没有缺胳膊少腿，心脏仍在跳动。他们的泪水和紧紧的拥抱似乎为我注入了一股生命力，那一刻我知道，有兄弟们在一旁支持，我会死里逃生的。我们之前一直是、将来也永远会是一个团队。那天对于妈妈来说大概非常难熬，她要带着兄弟们来医院看望变成那样的我。但他们的到来，会帮助妈妈和爸爸一起渡过这场噩梦。

流泪的时刻没有持续多久，我仔细看了看兄弟们，泪水就渐渐变成了笑声。看来，我并不是唯一倒霉的人。威尔因为手术的关系，仍旧穿着很大的厚垫靴子；多姆也无法独立行走，之前我并不知道，他的脚被玻璃片扎伤还感染了，只得绑着绷带，一瘸一拐地拄着拐杖。我们什么事都爱争个高下，这时便一致认为，鉴于我一动也不能动了，所以在伤兵队伍中胜出——“好吧，亨利，这次你赢了”——我们就这样暂且擦干眼泪，像平时一样嘻嘻哈哈起来。

兄弟们聊天时，威尔每隔几分钟就会揉揉我的脚。后来他解释说，多姆的理疗师让他每隔一会儿就按摩下肌腱，这样可以令其保持柔韧，于是威尔认为如果他也这样帮我揉脚，我就可能恢复知觉，甚至完全恢复正常。那时我才明白，即便是在人生最绝望的时刻，我也可以发现有意思的事，从周围的人身上获得力量。听到他们的声音、看到他们在我身边，这感觉太美好了，即便现在的处境如此陌生，他们的每个动作、每个音调仍是我熟悉的。这让我意识到，对于此时我脆弱的生命而言，他人的支持是多么必要。

那天以后，我待在斯托克·曼德维尔医院期间，每天都至少会有一个兄弟来看我。在重症治疗室时，因为我感染了葡萄球菌，有时还因为其他的感染很不舒服，医院方并不允许我见家人之外的其他人。要进入我的病房，必须走一套严格而漫长的程序，比如用大量难闻的洗手液反复洗手，有时甚至要戴上手套和口罩。但这并不能阻挡他们来看我。医院对访客数量有着严格的限制，但在必要时，医生和护士也会为我们放松限制，允许兄弟们一起来看我。只是那样的话，父母就得待在令人不快的“家属房间”里等候入场了。

尽管有家人陪伴，最初在重症治疗室的那段时间我也很不好过。在葡萄牙时，我躺在一张可以倾斜的病床上，一天中的大部分时间都处于被抬起来的状态；而在这里，为了防止脖子再受伤，我只能平躺，根本不可以坐起来。这让我有些难以忍受。更糟糕的是，为了减轻皮肤受到的压力，每隔几小时我就得侧侧身子。我被绑带固定在床上，床倾斜，我也会微微侧向一边。对当时的我来说，一点轻微的倾斜都会在脑中放大，我总是觉得会摔下去。每次护士帮我侧身，我都会陷入恐慌，忍不住默念：“不，我不想这样。”又过了漫长的四天，他们才同意让我转移到可以倾斜的新床上，但转移的动作也令我害怕。护士们要将一块板子放在我的身下，让我从一张床滑动到另一张床，在我已经混乱的大脑里，这件事很严重，也无比痛苦，以至于不得不服用一些药来保持镇静。幸好这番折腾是值得的，换到新床上后，我能够看见整个房间，眼睛也正好可以平视来探望我的人，还能看电视了。

夜晚令人恐惧。护士给我洗完脸、刷完牙，爸爸跟我说过晚安之后——他每天晚上都会待到很晚——他们会在我的喂食管中放一些安眠药。但我的自我意识总是会和安眠药斗争，迟迟不肯睡去。偶尔快睡着了，脑中又会闪现各种奇异的想法和梦境，整个夜晚仿佛被切割开来，断断续续。我只能努力去想象第二天，想象到时会有人陪在我身边，这才冷静下来，得以小睡一会儿。每天一大早妈妈就来了，其他家人也会错开时间来看我，这样我的身边就总有人在。多姆一般放学后来，若我在小睡，他便自己在旁边做作业；

爸爸会在下班后过来；威尔则在训练结束后；周末，等汤姆从伯恩茅斯开车回来，我们一家人就会团聚在一起。我很喜欢这种时候，也喜欢听兄弟们描述外面的世界，听他们讲中学、大学、萨拉森人、夜不归宿的生活、女朋友和八卦……永远听不厌。他们毫无保留地跟我分享这些事，对此我非常感激——我们从来不是谨小慎微的人，现在也不打算这样。我们看了很多电视节目，不仅有集数很多的美食综艺《与我共进大餐》，还有动画情景喜剧《辛普森一家》。

意外发生后，我再也没有真正意义上地进过食，只能通过喂食管摄入水和食物。我没有那么饿，不吃东西也不会太心烦，可不能喝水却让我很烦躁。我脖子上的肌肉没有复原，喝水可能被呛到，所以不能冒险。但是我一直感到口渴。这种情况一直持续到有天下午，那天，他们把一根海绵棒浸在水里，放到我的唇边，让我能够吮吸。这对我来说是一个极大的宽慰。我意识到自己此前从未真正地口渴过，因为水总是在触手可及的地方，干净、安全。尝到水的那一刻，我从原本视为理所当然的事情中体会到了毕生最强烈的感激之情。第一滴水的味道太美好了，让我重新思考起了生活本身的美好，哪怕只是短短一秒。这也是我当时众多的新体验之一。我又喝了几滴美味的水，不再那么口渴。原来一旦领悟了之前视而不见的东西，就再也不能忽视它了，这让我非常震撼。

在重症治疗室的一个星期天，我的表兄妹可以来看我了。这是一件大事，因为除了祖父母和我有过一次激动的见面之外，还没有其他人获准来看过我。可是那天早上，我的病情恶化了。这发生得非常不是时候。当时的情况不容乐观，我的牙齿开始打战，明明感觉特别冷，实际上却发起了高烧，最严重时达到了四十一度，这是我受伤以来的最高温度。之前我的体温也升高过，却不足以引起恐慌，因为发热可以起到保护身体、对抗感染的作用。但烧到四十一度是很危险的，不仅对我的器官和细胞造成了巨大威胁，还会导致昏迷，甚至可能危及生命。因为受伤，我的机体失去了调节自身体温的能力，一旦发高烧，唯一的降温方式就是在身体周围放几袋冰块。我非常难受，不仅因为感染，还因为表兄妹才看了我几秒钟就得离开。我最不愿看到的就是来支持我的人被打发走，我深受打击，情绪很激动，心里一团乱。

一般情况下，如果表兄妹们来看我，我肯定要和他们好好待上一会儿。我特别珍视我的大家族，一想到让他们失望，我就十分难过。他们从那么远的地方赶来看我，都没来得及在我的床边坐一下，从旅途的劳顿中恢复过来，就不得不离开。我感到内疚，尽管知道产生这种情绪是因为我在发烧，也是因为隐约意识到自己正在失去原有的控制权和选择权，但我仍然特别难受。我打心底里知道他们不只是来看我，也是来支持我的父母，至少后者能够实现，可是我不习惯让他人失望，随着发烧加重，我变得不安且绝望。

抗生素生效之后，我的体温降下来了，紧接着却遇上另一个问题——我得换呼吸机了。换呼吸机的那天对我来说十分残酷。我已经习惯了角落里那个巨大的仪器，它不断地发出喘息声和闷响，为我呼吸。但要是常换房间，我就得使用更小的便携仪器。一开始，我无法随着新仪器调整呼吸，觉得它总和我对着干，便再次恐慌起来。那感觉就像被什么扼住了喉咙，或者再次沉入了水中。我花了一段时间才适应，好在适应后，我仿佛重获新生。我几乎能正常说话了，向换到下一间病房又迈进了一步。

接下来，我可以接受和我一起度假的朋友们的探视了，他们目睹了我发生意外的时刻。马库斯是第一个来看我的，当时我们都哭了。妈妈亲自去车站接他过来，尽量让他为将要看到的一切做好心理准备。但不管做什么心理准备都没有用。和他目送我离开海滩时相比，我的行动能力并没有改善，还得靠一大堆仪器活着。朋友们因为我经历了很多，再次见到他们真是令人感慨万千。过了一段时间，我终于能更流利地说话、让别人理解我的意图，思维也更加清晰，才知道自己离开海滩后发生的事。看得出，马库斯一直对没能上直升机陪我，让我独自经历最初的一切而难过，但我很肯定地告诉他，自己被照顾得很好，而且第二天父母就来到了我身边。现在想起这些事，我才意识到那时朋友们也背负了很多。我们都很年轻，绝大多数人并没有经历过重大的变故。我们对彼此的支持、来自家庭及学校的支持都给了他们很大的安慰，这再次证明困境中的互相帮扶是多么重要。听说马库斯和雨果的葡萄牙朋友也非常担心我，在我被直升机带离海滩后一直想办法找我，我很感动。

在重症治疗室的日子，我的身心状态经历了很大的波动。体内的感染威胁到了我的生命，比我们之前预料的严重很多。很久以后，我们才知道医生当时也一次次地担心我挺不过去。也许是不知不觉间，我体内的很多能量被激发了出来，才让我活了下来。我也面对了一些过去不需要直面的情绪。几乎每次有人来看我，我都会掉眼泪，作为一贯坚强且热衷运动的男子汉，我从未这么大大方方地表达过自己的情绪。起初这不太容易做到，我会焦虑不安，尽量忍住不哭。但没过多久，表达情绪这件事终于变得真实而自然，我不再阻止自己。人在绝望时，释放自己的情绪很难，但宣泄很有必要，正是因为发生在我身上的事情，我才学会了这一点。

也是在那段日子里，我发生意外的消息传出后，立刻有很多卡片和信件寄了过来。在葡萄牙住院那会儿，朋友和亲人会写信到家里给我的父母；现在我住进了斯托克·曼德维尔医院，大部分卡片就直接寄到了医院给我。起初，我平躺在床上，看不出卡片和信件有多少，后来我被抬高了一些，家人把卡片放在墙边、架子上以及桌面上，我便每天都能看到它们的数量在不断增加。我很惊讶居然有这么多人关心我，不仅仅关心我，还花时间给我写信、画画，送我礼物。每一张卡片的背后都藏着一份持久的情感，这些人的付出让我惭愧。

卡片里的每句话都充满了安慰、希望和爱，我铭记于心。更令我没想到的是，卡片来自各种各样的人——朋友和亲戚，朋友的朋友；我小学和中学时的老师、同学和家长；我以前所在的橄榄球队的队友们，其中有些人我甚至不认识；还有我从未见过的邻居和陌生人。我之前从未这样切实地感觉到身边这些集体的存在，这么多人送来祝福、表达对我的父母兄弟的支持，真是令人印象深刻。我也意识到人们是多么善良，归根结底，我们必须也只能相互依靠。当我身陷绝境时，是他们伸出的友谊之手，让我看到了人性中最美好的一面。

我一遍遍地阅读这些信件，从中汲取积极的力量。看到这些信件、收到美好祝愿的每时每刻，我都感到满足，似乎好了起来，对未来充满希望。有一张来自校友的卡片，开头引用了圣方济各[①]的话——“从做必须做的事开始，然后做能做的事，突然间就能做原以为做不到的事。”——这在我心中埋下了一枚充满可能性的种子。和我的其他朋友一样，这位校友说他一直关心着我的情况，会随时随地地支持我；他相信我可以凭借自身力量渡过难关。这真是令人感激。圣方济各的话也在我心中生根发芽。躺在床上无法动弹时，

---

① 天主教方济各会和方济女修会的创始人。

我会思考这句话的含义，以及如何借这句话面对我的新处境。在最初那段情绪起伏的日子里，这句话成了我的箴言。

充满爱和善意的话语能给人安慰，明白话语的重要意义能使人重新振作。很多人大概和我一样，在读生日贺卡，或者在学校里读小说和诗歌时，并不会太注意话语的深层含义。现在，这些文字就是一切，即便是最简单的一句话，也能给我极其强烈的鼓舞。很长一段时间里，我只能躺在床上，听着来探病的人的交谈。他们乍一见到我的样子时的沉默、那些小心翼翼挑选的措辞，也有这种力量。我学会了倾听，真正听见朋友、家人、医生、护士说出或没有说出的话。我甚至会去听那些帮助我活下来的仪器发出的韵律。我总是会注意到一些事情，感应到一些东西，然后陷入对它们的思考。

很多话语都能鼓舞人心。妈妈的一个朋友写道："血肉只是身体上的感觉，而爱、勇气和热情才是自我真正的灵魂。"她告诉我，她认为生命能够由内向外地发生变化。“看看你内在的样子，”她写道，“认清过去这几周你所取得的成就。”我还收到了一张卡片，来自中学时我帮助过的班级，卡片上满是孩子们手写的留言，他们传递的信息极为珍贵。“我希望这场意外不会困扰你以后的人生。”一个男孩子写道。另一个人告诉我，求生的意志是很了不起的，也鼓励我做善事，永远不要放弃。给某个状况不好的人写这样一张卡片，对大多数人来说费不了多大工夫，但每次收到这种信件，我还是很感动。这些信件不断寄来，我全都好好地保存了下来。

这样的善意不只传递给了我。接连几周，我们家门口都会出现食物包裹，装着刚刚做好的饭菜，这样妈妈在医院待了一整天回家之后，就不用再做饭了，爸爸和兄弟们也能在晚上来陪我之前先填饱肚子。我还不能吃东西，但很高兴其他人能够“坐享其成”。有时妈妈一到家就会发现食物，好像它们是用善意的魔法召唤出来的一样。

说实话，在那段绝望的日子里，我的心灵就是被这些了不起的小事所拯救的。知道有人在身后支持着我，是我不断坚持下去、尽可能恢复健康的力量原点。就好像是，我心里记挂着这些人在共同祝愿我快快好起来，而我想让他们知道，他们的支持真的很有用。现在回头看，毫无疑问，正是这种想要回报善意的动力促使我开始康复。从最简短的寄语——祝你好转，想念你，希望很快见到你——到长一些的信件（详细地表达了写信人内心的想法和对我们一家的祝愿），到曾鼓舞他们自己渡过难关的歌词和诗句，到剪下来夹进卡片里的关于重症病人奇迹般康复的文章，到礼物和包裹，再到放在我家门口的美食：这些一个一个叠加起来的关怀，造出了痊愈的阶梯，让我可以慢慢爬上去。

我的感染渐渐减轻，对新呼吸机也适应得不错，大家开始讨论接下来的安排：将我从重症治疗室转移到圣安德鲁医院的急症病房；拿掉喂食管，让我再次自主进食；进行集中的理疗，让我摆脱呼吸机，自主呼吸；甚至考虑让我坐上轮椅。我简直等不及了。

第三章　你可以拒绝被打败

DEFEAT

IS

OPTIONAL

我被送到圣安德鲁医院之后，注意到的第一样东西是阳光。护士们忙着安顿我、确认所有仪器都正常运转时，我忍不住去看房间尽头的窗户，那里有洒进来的阳光。意外发生四周半后，我第一次看到了天空，不由得精神一振。直到今天，我仍旧难以解释这是为什么，感觉就像自己离外面的世界更近了一步，无论这一步是多么的微小和复杂。

我注意到的第二件事是斜对面的床上还有一个人。之前我一直单独住一间病房——感染了葡萄球菌至少有这么一个好处——对这样的状况难免感到不快。可我明确地向护士反映后，她们却没怎么同情我。几分钟后，我平静下来。这是一间四人病房，目前只住了我们两人，其实并不算挤。但我已经习惯了一个人，不想每时每刻都和陌生人做伴，尤其这个人还和我情况相似，被仪器包围着，无助地躺在床上。

幸运的是，这个陌生人和我的心态完全不同。帘子拉开的时候，他友好地对我打了招呼。我也做了自我介绍，尽管把声音传到他的床位很困难。妈妈立即表现得非常友好，对这个陌生人很感兴趣，于是我们用一个下午了解了他的故事：丹二十一岁，骑摩托车时被汽车狠狠撞了，一个肺被刺穿，心脏都掉到了另一侧。为了抢救他的心脏，医生们打开了他的胸腔。他伤得很重，父母一度被告知要准备后事。但医疗团队用高超的技术拯救了他，他的心脏已经回到原位。他再也无法走路，但胳膊还能动。因为胸口缝了两百针，得好长一段时间才能康复，他被细菌感染了。由于长时间卧床，他还生了褥疮。他问起我的遭遇，为我的经历深感震动，这让我非常不好意思，因为我最初看到他时竟然怀有那么自私的想法。

那天傍晚，爸爸来的时候，新鲜空气从打开的窗子流入房内。尽管我仍要靠呼吸机来呼吸，八月漫长的白日即将结束之际，我感觉某些东西悄然发生了变化。我想，这种感觉就是感激——对至今为止我一直当作理所当然的东西的感激：新鲜空气、阳光、周围人的爱、陌生人伸出的友谊之手。现在，我相信感激是生命中最令人欣喜的情感之一，哪怕是对最微不足道的事物，也要怀有感恩之心。那时我仍旧无法动弹、不能呼吸、不能吃东西，甚至感觉不到自己的膀胱和肠道在运转，连最简单的任务也无法完成，却感受到了排山倒海般的感激之情。

我的身体感知也在一点点复苏。我一直热爱户外运动，可以在橄榄球场上一连奔跑好几个小时，还喜欢在公园里散步、跑步、静坐。不过，我觉得自己从未真正领会自然的美、空气的质地或阳光的意义。但那天，我从新鲜空气和阳光中获得的身体上的愉悦触动了我的灵魂。

我渐渐适应在圣安德鲁医院的生活，开始和理疗师斯科特一起做更多的尝试。早在重症治疗室的时候，我便跟着他做了些理疗，现在我的情况没那么差了，训练就变得认真起来。我们很快就找到了默契，相处得十分融洽，他那种澳洲人特有的轻松态度让我感到亲切。他老家也是希腊－塞浦路斯一带的，所以很快和我妈妈打成一片。即便是最初在重症治疗室的那段日子，他似乎也很理解我，会温柔地帮助我，让我克服不愿做可能失败的尝试的本能。现在，发现我可以做到更多，他就利用我越来越强烈的进取心来逼我进步，无论进步多么微小、多么缓慢。他会和我谈我能做的事，即便眼下我还做不到，但他从不提短期内我无法完成的尝试。

不论多么微小的进步都会产生巨大的影响。当时，就算是最简单的动作，我也必须重新适应，比如自主呼吸、吞咽和咳嗽；必须将过去一笔勾销，从目前所在的地方起步。我还记得在最后一场橄榄球比赛中，自己猛冲过对方球员围成的人墙、穿过一大片草地的情景，但反复去想“为什么我再也做不到这些事了”其实并没有用。我可以感激过去自己拥有的一切，它们是我的一部分，但不该消极地使用这些记忆。我必须专注于过去的我是如何建立起自身的力量，如何不断挑战自我，再把这种精神运用到如今最微小、最基本的任务中。现在的我还没有恢复得很好，但是斯科特会关注最微小的事情，激发我想要一步步康复的愿望。

我已经见到了阳光，但自意外发生以来，我还没有吃过任何东西。既然已经离开重症治疗室，医生觉得我可以吃一些东西了，前提是我不会被噎到。第一步是取出我的喂食管，换成更细的管子。我至今无法理解，挺过了更严重的伤痛的我，竟然会因这样微小精细的操作倍感折磨。取出管子的感觉很不舒服，但好歹可以径直抽出来；而新的管子又要从鼻子进入，弯曲着塞进喉咙，再伸入胃里，整个过程要不停地又塞又戳，令人作呕。

一位专门研究吞咽的治疗师来看我，评估我吞东西会不会被噎到。她给了我半块饼干，让我咬碎、咀嚼、吞咽，这感觉非常古怪，但我做到了。这个夏天刚开始时，如果有人告诉我吞咽半块饼干是一件不得了的事，而且会让我无比满足、让身边人感到高兴，我一定会觉得非常可笑。但此时我确实为这个进步兴奋不已，即便这对其他任何人而言只是一件很小很小的事。

能吃半块饼干并不代表我能直接吃固体食物了，只意味着我可以尝试不用喂食管，吃些糊状食物。当护士把菜单递到我眼前，那感觉就如同再次见到阳光一般。我花了很长时间选定我的第一餐：三文鱼、土豆泥和烤苹果奶酥。在我至今做过的选择里，三文鱼是最糟糕的一个。我刚刚把三文鱼浆送进嘴里，就立刻吐了出来。太糟糕了。烤苹果奶酥也好不到哪儿去。

妈妈看出了我有多失望，于是向护士提出自己做些我喜欢的食物。第二天，她带来了烤土豆、烘豆和培根，我适应了这些东西做成的糊状食物后，便觉得再没什么能比这更美味了。接下来的日子，我主要以烤土豆和各种馅料为食，对于品尝以及吞咽食物一点也不厌烦。这是整个大计划中我迈出的一小步，这一小步让我觉得世界变得大不相同了。

顺利吃了一段时间的糊状食物之后，我的喂食管被取出。身上少了根管子的感觉真好。这也意味着我能更加流畅地说话了——我的发音变得更清晰。这样一来我便能与人交谈，因此也更加期待有人来探病。自从转到圣安德鲁医院，来看我的人更多了，妈妈俨然成了我的社交秘书——安排访客的探视时间，并在需要的时候去附近的车站接人。

我的同学们棒极了：每天放学后都有三四个人来看我。从伦敦东南部的德威学院到斯托克·曼德维尔大约有五十英里，但总有人会在放学后乘汽车或者火车穿过伦敦，到城市的这一边来。有个朋友每周都会来好几次，这样他就不用参加体育活动了，他说老师对此也无法表示反对。还有个朋友每周三都会来，从快到中午的时候待到临近傍晚，从无例外。一些老师也来看望我，我的橄榄球教练带来了一件球衣，本来是我要在新赛季穿的；我的班主任带来了期末考试的成绩。比较热闹的时候，或者同学们饿着肚子来的时候，妈妈总是请大家吃烤通心粉。而妈妈的妈妈，也就是我的外祖母，虽然被我的意外沉重打击，还是做了所有希腊外祖母在面对不幸时都会做的事：拼命为家人做饭，仿佛我们全家就指望这个活下去了。

下午和晚上我们忙着接待访客，上午的时间我都在勤奋用功。这时的我只连着呼吸机和几根插管了，于是斯科特告诉我是时候开始自己呼吸了：从现在起要打起精神，全力以赴。他的意思是，接下来要采取一系列的步骤，需要我坚持鞭策自己，这样就可以脱离呼吸机，离轮椅和康复病房更近一步，然后就是出院了。

经历了这一切，我越发意识到，我过去把太多东西都看得理所当然。独自一人的时候，我一直在反思这一点。呼吸原本是我想都不用想便一直在做的事，所以要依靠仪器来呼吸这点最让我害怕。如果呼吸机出问题了怎么办呢？因此，我下定决心要摆脱呼吸机，自主呼吸。我完全同意斯科特提出的计划，准备好使用咬嘴来调节呼吸，舒张肺部。起初很是困难，因为我的大脑已经忘记如何与肺部协作了。随着慢慢学习，在斯科特的鼓励下持之以恒地练习，我一点一点在进步。对着咬嘴练了几天呼吸后，他让我试着脱离呼吸机，开始是几秒钟，然后是几分钟，直到我终于能够调节自己的呼吸。只不过，他一拿掉咬嘴，我就又得使用呼吸机了。

等我呼吸得更顺畅了，我们就开始使用咳痰机。这种仪器可以帮助我重新学会咳嗽。咳嗽是另一件我原以为理所当然的事，可它对于生存既重要又必要，能够清除肺部黏液，降低感染风险。那时，因为我根本咳不出来，肺部积存了大量的黏液，所以学会自己呼吸的下一步就是重新学习咳嗽。我曾经拥有的一切能力都被剥夺了——几个星期前，我很难想象自己还要学习怎么咳嗽。我正处于一个困惑的过程中——知道如何呼吸，但已经太久没有自己呼吸过——需要时间适应。咳痰机连上我的气管造口，斯科特得在床边找到合适的位置，让仪器向下倾斜，然后爬到床上，跨立在我身上。仪器一旦开始将空气送入我的肺部，他就会把拳头放在我的胸腔下方。我吸气，咳嗽，他就抓住时机，立刻往膈膜的方向按压胸腔下方。这是为了让肌肉记起从我出生到发生意外之前，它是如何工作的。

这个过程非常残酷。我的锁骨严重损伤，脖子又受到挤压，痛苦得难以忍耐。但毫无疑问，打从一开始我内心深处就坚信自己可以战胜这一切。斯科特说，我用咬嘴练习呼吸的时间越长，离自己呼吸的目标就越近。呼吸变得更顺畅后，我开始每天都用氧气瓶呼吸几分钟。脱离呼吸机，我就必须思考如何呼吸，并指导自己呼吸。刚开始的时候，仅仅坚持几分钟，我就得用回呼吸机，这个过程很费力，常常累得我可以立即入睡。

所有努力都是为了坐上轮椅，要想实现这个目标，我必须让自己可以用氧气瓶呼吸更长时间。我做了所有针对锁骨和脖子能做的理疗，又咳嗽了很多次、脱离呼吸机呼吸了无数次，这些小小的进步汇聚在一起，我成功地利用氧气瓶呼吸了四十五分钟。我已经准备好了。那天，妈妈和她的朋友桑迪在病房陪我，医生告诉我们，可以让我挺直背坐在轮椅上，去病房外面转转了。妈妈听到这个消息时的表情真让我开心。

把我从床上抬到轮椅上是件麻烦事。我被放在一个升降机上，它可以将我从床上抬起。两个半月以来第一次，我的腿处在了比腰低的位置，血液立刻涌向了双腿，这让我非常晕眩，翻起白眼，无法看清东西。通过气管造口，我连上了氧气瓶，但刚开始时很难调节呼吸，觉得自己根本不可能做到。我被放到轮椅上，有位护士立刻将我的腿抬了起来，直到我恢复平衡感。适应坐在轮椅上的状态之后，我便觉得能这样挺直坐着真是太好了。此刻我眼中的世界，与平躺或斜靠在床上时看到的世界大不相同，真是令人惊叹。

斯科特将我推出了病房，向妈妈演示如何操控轮椅，避免碰撞。他们带我去了医院里一些我只听说过但没见过的地方，斯科特还向我解释了那都是些什么地方。看到我所在的医院原来是这样，感觉很奇怪。病人、访客、医护人员在这里来来回回地走着，这让我意识到，自己一直以来都待在厚厚的保护层里。周围很吵闹，每种声音都被放大了，我花了好一会儿才适应外面这个喧嚣刺耳、令人眼花缭乱的新世界。妈妈尝试着推我，慢慢习惯着轮椅的重量和转向，却总是把我往墙上推，让我想起小时候玩碰碰车的经历。我放松下来，开始享受这一切。我们经过阳光充足明亮的咖啡店，来到外面。自从在海滩出事那天以来，我第一次感受到户外强烈的阳光和新鲜的空气。我抬头看了看天空，又低头看向郁郁葱葱的绿地，感觉自己正在逐渐适应，慢慢变好，这让我无比兴奋。这瞬间，我仿佛是在经历数周的干渴之后，终于发现了一块绿洲。

回去的路上，我们穿过医院一扇扇巨大的玻璃门。自从在葡萄牙离开别墅外出过夜以来，这还是我第一次看到自己的模样。但是我看到的并不是我。出现在我面前的是一个极度瘦削虚弱的年轻人。我差不多掉了三十公斤的体重，整个人看起来像陷在了巨大的轮椅中。那不是我。那人的脑袋向后靠在支撑物上，喉咙处有根管子，身旁放着一个氧气瓶，和他的腰绑在一起。他的胳膊不能动弹，他的腿看起来枯瘦极了。我试着移开视线，否认自己看到的一切，但是在那一瞬间我知道，眼前的人就是现在的我。我的心像自由落体一样不断下跌，跌入了难以想象的境地。

斯科特推我回到病房后，我设法保持住了冷静，和妈妈的朋友说了再见，对斯科特表示了感谢。当他们离开，只剩下我和妈妈，并且拉上帘子，隔开了我们和丹时，刚才的一切朝我袭来。这是一种前所未有的恐惧感，一种突然间真切起来的绝望，我崩溃了，哭喊道："为什么是我？为什么偏偏是我？"现实就是，我整个后半生都会是这副样子，我实在不知道该如何活下去。

我迫切地想要拥抱妈妈，但就连这个也做不到。那一天接下来的时间我都特别伤心，靠在她的肩头哭泣。在此之前，我只是记挂着怎么从感染中康复，怎么脱离喂食管，怎么摆脱呼吸机。之前我一直待在病房中，与外面的世界相隔绝，被家人和朋友环绕着，生活呈现出一种不真实的状态。在内心深处，我始终觉得不管自己受了多么重的伤，在未来的某一刻，我都会走出斯托克·曼德维尔，胳膊和双腿会重新动起来。但是在玻璃门——那扇通向外面、通向我曾经行走和奔跑的世界的玻璃门——上看到自己的那一刻，我知道自己真的瘫痪了，整个后半生会一直待在轮椅上，四肢都不能动弹了。

这就是我要面对的现实，它是如此难以接受，以至于我重新被抬回床上时，眼泪也没有停下来。我哭到筋疲力尽地睡去，醒来时，这些感觉再次袭来。兄弟们和爸爸陆续来到医院时，我仍在哭泣，这副模样一定也让家人很痛苦，因为他们都不知道该怎么安慰我。我正在凝视深渊，那里除了我别无他人。那天夜里，直到很晚爸爸都不愿离开，但无论心情多么沉重，我都想独自思考一会儿。我吃了安眠药，说服他我没事的。

那天晚上，平时的安眠药剂量根本无法让我入睡，我清醒地躺了好几个小时，一遍遍地回想看到自己模样时的恐惧。一天下来，我经历了第一次坐轮椅的兴奋，又连续哭泣了几个小时，被各种情绪弄得疲惫不堪。我的心很乱，无法安定下来。我总是能看到那一扇扇玻璃门映出自己坐在轮椅上的样子。

后来，大约在凌晨四点，一件奇怪的事发生了。那个画面变得没那么恐怖了，也许是因为我回想了太多次，终于见怪不怪了。我开始冷静下来，清楚地意识到悲伤或愤怒毫无意义。发生了这种事情，我不能责怪任何人，不如振作起来面对接下来的一切。我没有时间自哀自怜，这种情绪也不会成为我的朋友。

我拥有的还很多——我的家人、我的朋友、一群努力想让我好起来的人。意外发生以来，我已经取得一些进步，尽管还很微小。我看到了太阳，呼吸到了新鲜空气。我的体内好像被注入了一道光，我变得对生命充满热情，对生活充满热情。随着晨光初现，我沉入了平静的梦乡。明天会是新的一天。

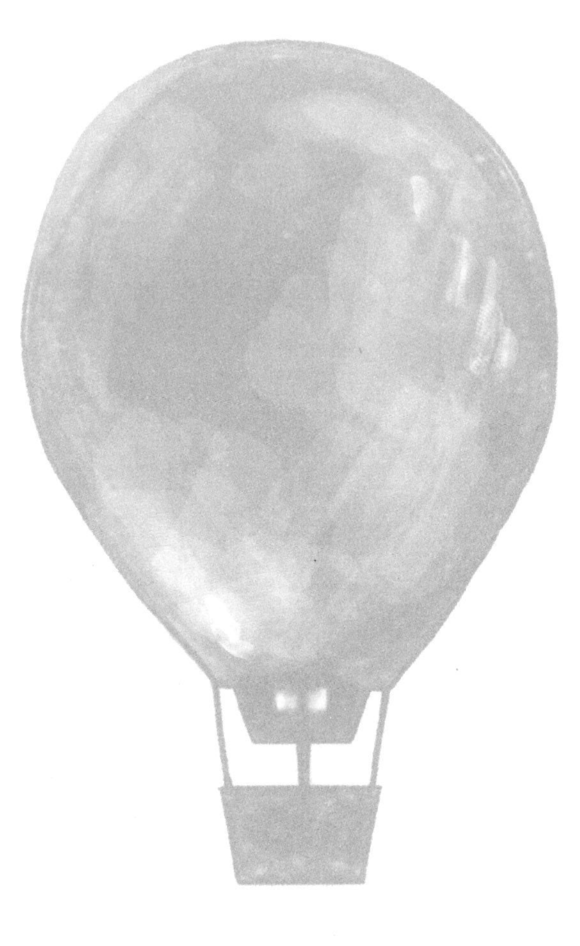

第四章　接受和适应

ACCEPT
AND
ADAPT

尽管很痛苦，但是我真的需要那样的一天。在那一天，所有的恐惧和无助都被泪水释放出来；在那一天，我开始诚实地面对人生已经改变的事实。从第二天早上醒来的那一刻起，我知道一切都回不去了，只能让自己尽量变得坚强。护士来给我洗漱，抬起我那仿佛没有重量、毫无用处的胳膊，我下定了决心：我无法控制胳膊和双腿了，但还没有失去大脑。我可以做决定，可以控制自己的状态。

我一直是个争强好胜的人，从不畏惧任何挑战，这是多年的体育训练和团队运动养成的意志。我已经被告知至少一年半的时间内都需要住院治疗，余生必须使用带扶手的头部操纵式轮椅，还得继续依赖呼吸机好几个月。在此之前，我的身体和心理状态一直不够健康，并没有完全理解这意味着什么。随着心里的迷雾散去，我接受了自己将永远残疾的现实，决心要做出改变。我没有告诉任何人，只是暗自坚定了信念，在接下来的日子里要更加努力，不断鞭策自己。

到此时，我用氧气瓶呼吸的时间已逐渐延长，但夜间仍旧必须依赖呼吸机。我给自己设定了一个目标：每天多吸一会儿氧气，争取晚上不再用呼吸机。按照我以往的经验，为自己设定可控、可实现的目标是取得进步的最佳方式。只要逐渐增加脱离呼吸机和氧气瓶的时长，我相信今后一定能完全摆脱它们。

一天下午，兄弟们和很多朋友一起来看望我，为了不打扰丹，他们推我去了咖啡店，我随身带着氧气瓶。奇怪的是，十五分钟后，我突然觉得晕眩，几乎失去了意识。汤姆带我返回病房，并紧张地呼叫护士。经过检查，护士发现氧气瓶没打开，我坐在轮椅上时它一直是关着的。她迅速把我抬上床，输氧，直到我体内的含氧量大大提高才脱离危险。我们当然犯了错误，还好及时回到了病房。但是一想到在咖啡店的那十五分钟我居然完全是靠自己呼吸的，我就很高兴，并且更加下定决心，要向医生证明他们低估了我。不过这也证实，我现在的情况还不容客观。

进食已经容易许多，我不用再吃糊状食物了。食欲变好，体重不断增加，新鲜健康的食物也让心情更加舒畅。吃饭是我们家庭生活的重要组成部分——妈妈有地中海血统，我家的餐桌总是热闹非凡——汤姆和威尔离家上学之前，我们一家六口总是一起吃饭，尤其是比赛或者训练之后的周日午餐时间。于是，某个周日，因为我们只能在医院团聚，妈妈从家里带来了烤鸡肉，还有她做的独家希腊风味烤土豆和沙拉。我们去了楼下的咖啡店，在那里一起享用。那一刻非常美好，我们聚在“吉米咖啡店”的院子里，沐浴在阳光下。这是我出事后我们一起吃的第一顿像样的饭。我想，无论之前发生了什么，不管这张桌子在哪里，今天都是非常快乐的一天。以前大家总是调侃爸爸和我们四个男孩，说我们是一支迷你橄榄球队。如今我更真切地感受到，我们永远会是一个团队。

每隔一个小时，就需要有人帮我调整坐姿，而无须言语交流我们就能默契配合，这一点最能体现我们的团队精神。只要我坐在轮椅上，就得每小时倾斜身体一两分钟，减轻屁股受到的压力。这一名为“释放压力”的步骤非常必要，因为长期不动产生的压力会导致褥疮——鉴于我的血液循环较差，这就意味着，如果我得了褥疮，必须长时间躺在床上休养才能康复。看到丹因褥疮做了手术，我从一开始就下定决心不要像他那样，所以每隔一小时都会让身边的人帮我调整一下姿势。家人和朋友已经习惯了，往往不用我开口就会起身，将我的身体轻轻倾斜，换一换姿势。知道有人在我身边，不需要我自己大动干戈或开口要求，就会主动关注我是否舒适，真的让所有挑战都不那么难了。

午餐期间，我还是得带着仪器坐在桌旁。即使我现在可以吃固体食物，要想去病房外面进食，还需要跨越几道障碍。我的肺部因感染严重受损，胸腔仍旧充满黏液，有时会干扰呼吸。正因如此，我每次离开病房，都得带着清理黏液的仪器。需要时，身边的人会拿掉气管造口处的氧气管，将仪器的管子伸进我的肺，吸出阻塞呼吸道和肺部的黏液。我的家人都学会了使用这部仪器，且已实践多次，这意味着星期天我们聚在一起的那几个小时里，我不再需要医护人员陪同，这一点意义非凡。我从未和家人专门聊过这个，他们之前也不常接触这仪器，但是知道他们都会用，而且花了时间去练习，这份负担和责任不必完全落在妈妈一个人身上，所有人都能帮我，真是令人非常安心。那次午餐是个里程碑，我们每个人都铭记在心。

和丹在同一间病房住了大约一个月后，我们分开了。我仍旧感染着葡萄球菌，他却已经康复，医院需要将这个四人间病房腾给没有感染的病人。于是丹去了更大的病房，而我去了一间小侧屋。这些日子以来，我喜欢上了和丹住在一起，我们已经成了彼此生活的一部分。他能使我平静下来，保持积极的心态，我们的家人也相处得很好。不过，再次单独住一间病房的感觉也相当不错，我的访客数量不断增加，大家可以更加自由地吵吵闹闹，我和兄弟们也能一起看更多的橄榄球赛了。

现在仍有人不断来探视我，有时会令我感到意外。最常来的是我的家人、学校的同学，但我的病房还在不断迎来另一些人：伯克姆斯特德学校的老朋友、当地橄榄球队的队友、我兄弟们的朋友、我小时候的老师和教练、我父母的朋友和邻居们。我喜欢这些人。他们来探望让我深受鼓舞，即使当时我很疲惫或状态不佳，但是看到人们聚在一起，听着他们畅谈日常，无论多么琐碎，都令我非常愉快。这让我觉得自己和外面的世界、和意外发生前的生活还保持着联系。我永远感激来探视我的每一个人。

在医院里活动时，我用的是带头枕和扶手的轮椅。扶手是最近才安上的，原来的轮椅上并没有——忽视扶手是个大错误，至今仍有负面影响——当初他们只是将我的胳膊放在膝盖上的枕头处。我之前并没有真正问过或想过，自己有没有可能选择不同的轮椅，后来才知道轮椅也有各种类型。考虑到余生都将在轮椅上度过，我开始发掘各种选项。在医院里，我能见到人们坐在各种各样的轮椅上，但没有留意过轮椅的复杂性以及它们的不同之处。我父母一个朋友的朋友遭受了和我类似的脊椎损伤，也许是为了给我些启发，他专门向我展示了他的轮椅：那把轮椅有个头枕，其中安装了触控板，他可以用头部的小动作来控制电视、开关电灯，甚至操控他房间的电动百叶窗。扶手末端有一个小小的屏幕，可以显示他通过头枕选取的动作。他很满意这款轮椅的功能，我试用了一下，感受到了可以一定程度上掌控身边环境的好处。

我一直不缺见识轮椅的机会。一天，另一间急症病房的一个病人的妻子突然过来，问我想不想见见他们的朋友詹姆斯。四年前，詹姆斯也在阿尔加维的海滩上受了伤，离我受伤的地方只隔了几个海滩。可是，尽管想要好起来，但我还没有调整好心态去见他，所以只让妈妈对她表示了感谢，婉拒了。我没去多想这件事，只是不由得感慨阿尔加维的这些地方竟然伤害了这么多不了解情况的人，真是糟糕。在葡萄牙时，我的外科医生曾告诉我的父母，他一年至少要诊治十二个在那里潜水受伤的人。

几天后，我躺在床上，恰好看到房间外的走廊上有个男孩正独自推着轮椅。我猜这就是他们说的那位访客。不知怎么想的，我就这么突兀地让妈妈跟上他，和他谈一谈。妈妈急忙走出病房，在他朝着出口移动的同时，我听到了妈妈在他身后呼喊的声音。我躺了回去。看到他能够用自己的手臂推动轮椅，我深受触动。

妈妈和詹姆斯聊了一会儿。后来的种种证明这是个非常重要的契机。我由衷地感谢这个契机，它又一次地证明，专注于正确的事情是多么重要。詹姆斯曾被告知再也不能靠自己的力量推动轮椅，但他拒绝余生都使用带头枕和扶手的电动轮椅，决心向理疗师们证明他们错了。虽然他的情况比我好一些，手臂能稍微动一动，但靠自己的力量推动轮椅仍是了不起的壮举。他告诉我妈妈，这一切全部或大部分都该归功于露丝，一位非常特别的理疗师，她不惧怕冒犯人们习以为常的认知和惯例，愿意倾听病人的心声，鼓励病人超越自我，取得突破。尽管受了严重的伤，但詹姆斯靠着自己的决心和努力、露丝的远见和投入，再加上一个配有特殊装置、能辅助使用者行动的高级轮椅，最终成功以自己的力量推动了轮椅。

詹姆斯向妈妈展示了他的轮椅是怎么运作的。从外表上看，它就像是普通截瘫患者使用的轮椅，但采用的不是手动的轮子，而是电动轮，轮子的外缘配有传感器，能接收前进指令，从而激活轮子中间的电动机。詹姆斯的理疗师尽可能地让他用上了尚存的行动能力，现在他已经能自己推着轮椅到处走动了。他从病房的朋友那里听说了我的事，把露丝和自己的电话号码告诉了我妈妈，让我愿意交谈时便和他联系。

后来，妈妈告诉我，她一到停车场，来到医院工作人员听不见的地方，就立刻用手机给露丝打了电话，还没等坐上车，便说服了露丝将我当作可发展的潜在客户。露丝是一个独立理疗师，曾经在斯托克·曼德维尔医院工作过一段时间，但此时已经不在医院和病人一起做理疗了。这原本令人沮丧，可转念一想又正合我意，让我想要更加努力，好离开急症病房开始康复治疗。如果我恢复到可以进行康复治疗的水平，便能在周末回到家中，一旦回了家，哪怕只有几个小时，也够露丝开始我的理疗训练了。

同时，在斯科特更加严格的训练下，我呼吸得更为顺畅了，开始去康复中心上理疗课。我只能在一天快结束时过去，这样才不会将葡萄球菌传染给其他人——这也是感染未治愈的另一个好处。这个时间段康复中心只有一两个病人，比起高峰期，我可以得到理疗师更多的关注。

我在康复中心的理疗师是弗朗西斯，她人很好，诚实且坦率，不会隐瞒我每个阶段的能力限度，让我知道自己能做什么、不能做什么。从一开始我就想测出自己的极限，而她能直接摸清我的极限在哪里，在恰当的时候鞭策我，并注意让我放慢脚步。第一个项目是乘坐“被动式康复训练自行车”。我的双脚被绑上皮带，踏板会带着我的双腿关节来回活动。彼时，我的腿几乎有两个月没动过了。

与此同时，我还要通过呼吸游戏进行一项训练。在我面前的电脑屏幕上有架直升机，我必须用嘴含住一个带有支架的管嘴，通过呼吸来控制直升机，让它跨越各种各样的障碍。如果呼吸的时间不够长，直升机就会坠毁。我不喜欢失败，为了让直升机飞起来，我会用力吸一口气，努力坚持得久一点，直到飞机终于不可避免地坠落。这个练习方式真不错，我乐在其中。去康复中心成了每天的大事，我总盼着去那儿，尤其是有朋友或兄弟陪我去的时候。

我进步很大，几周后，医护人员开始商量让我离开急症病房，转去康复病房。不过在转移之前，我必须决定去成人还是儿科康复病房。当时我才十七岁，仍然可以选择儿科病房，于是两种病房都去参观了一下。令我惊讶的是，两边的护士都希望我去他们那里，但做选择还是很容易。圣安德鲁医院比较吵闹，六人和四人病房都充斥着各种各样的嘈杂声。成人康复病房就是如此，忙碌又紧张。尽管儿科病房看上去很幼稚：满是卡通彩带，书架上还摆着智力游戏、玩具和迪士尼光盘，而且我本来宁死都不愿意被当作小孩子来对待，但这里是那么的宽敞、安静、祥和，又有自己的理疗设备，选哪间病房是明摆着的事。

一做好决定，我便为自己设定了目标，尽管我甚至都不确定这个目标是否明智。为了充分利用康复病房的设备，和理疗师友好相处，我决心要彻底摆脱氧气瓶，自主呼吸。到这时，我晚上已经不需要呼吸机了，只在睡觉时要用到氧气瓶。离开重症治疗室的时候，我被告知接下来的几个月都得依靠某种辅助才能呼吸，而我想的则是：决不。我开始逼自己更努力，心里重复着这句话：再坚持五分钟，再坚持五分钟。或许是努力过头了。护士观察到这个情况，轻柔地告诉我，我需要慢慢来，因为如果我的血氧水平降得太厉害，就会适得其反，得使用更长时间的呼吸机才能康复。

在我计划搬去康复病房的前一个星期，医生们认为我呼吸得足够好了，可以尝试一下“红点”治疗。

也就是说，医生们会拿走氧气瓶，将红色塑料夹子夹在我喉咙处的呼吸管末端，这样我就不能借用任何仪器，必须自主呼吸。刚开始这感觉很可怕，但在斯科特的帮助下，我镇定下来，试着自主呼吸。一旦我受不了了，就拿掉红色夹子，再次连上氧气瓶——我得说，吸到氧气的那一刻真是一种解脱。但是我下了极大的决心，几天后就做到了。

意外发生后仅仅过了八个星期，我已经能完全自主呼吸，可以拿掉气管造口术的插管了。医生们都很吃惊。我一直专注于自己能做到什么，而不是做不到什么，通过这种方式，我取得了很大的进步。

插管被拿掉的那天，是我在医院度过的最可怕也最美好的一天。插管被移开时，医生问我要不要看看脖子上的洞。他让我闭上嘴巴，用鼻子呼吸，而妈妈举起她的化妆镜对着我的喉咙。我开始呼吸，却感觉空气正从那个洞里进进出出。护士用一大团纱布将我脖子上的洞包扎好，一切就结束了。我可以自主呼吸了。

那天晚上，多姆、威尔和爸爸来到病房时，他们觉得有什么东西不一样了，但不确定到底是什么。公道地讲，他们其实没用多久就意识到，除了一两根抗生素插管，我已经停用其他插管和仪器了。我很满足，我为自己设定了目标，并且实现了它。这感觉就像是取得了一场胜利，还打破了医生们的成见。胜利的感觉真棒！

我准备好带着新目标去往康复病房了。

第五章　心怀感激

BE
GRATEFUL

从什么时候开始执着于用肩膀推动轮椅的，我已经不记得了。可能是在出院回家的想法终于成真的时候吧——我位于一楼的新病房光线充足，透过落地窗可以看见医院的大门，看到来来往往的行人。那时我觉得，自己离外面的世界好像只有一步之遥了。也可能是在我第一次见康复病房的新会诊医师的时候，她停掉了我正在服用的好几种药物，似乎对我特别有信心，还给了我明确的出院日期：二月十日。还有四个月零十天，距离我入院仅仅过了六个月，比医生最初告知我的十八个月短了许多。她说如果出院前我能继续进步，就允许我周末离开医院，还可以和家人一起在家里过圣诞节。

康复病房里还有两个病人，都是女孩，一个十三岁、一个十四岁，她们都伤了脊髓。一个女孩叫艾格尼丝，他们一家遭遇了车祸，母亲丧生，哥哥只受了点轻伤，而她的脊髓严重损伤。她爸爸当时不在车上。她和我受伤的程度差不多，因此我很理解她身心遭受的重创。我非常同情她和她的家人，没有妈妈在身边，这段日子一定很难熬。另一个女孩叫劳伦，她非常疯狂——这个词形容她最贴切，她原本是一个充满热情的足球运动员，已经被职业球队相中。她之前和朋友住在一起，他们有一艘停在奇切斯特码头的船，一天下午，她和一个朋友取消了打扫那艘船的原计划，转而跳上一艘救生艇，划到海滩上踢足球，又跳上一个绑在树上的轮胎荡了一会儿。爱冒险的劳伦决定去爬树，爬到十五英尺高的时候，她摔了下来。由于这棵树长在一个小小的悬崖上，她掉到了下方的海滩上，坠落高度约为二十五英尺，摔断了后背。现在她整个下半身都瘫痪了，胳膊倒还能动一动。尽管她余生都将在轮椅上度过，却散发着一股能给身边的人带来欢乐的强大力量。

劳伦和我都希望自己能推动轮椅，还想去各处进行小小的冒险。我们的病房外面有一个小操场，有时我的兄弟们来了，他们就把我们推到室外，来到迷你跑道上，放开胆子尽量快地推着我们旋转。劳伦成功地保持了低调，但有天下午我转圈时从轮椅上摔了下来，吓得护士们赶紧来救我，弄得大家都很不高兴。劳伦也常去康复中心，她和我一样想要尽可能地好起来。如今，她已是英国国家队的职业轮椅网球选手，还一度是十八岁以下年龄段选手中的世界第一。

康复病房只住了我们三个人，比圣安德鲁医院人来人往的急症病房安静多了。我渐渐恢复了思考的能力，不断回想起詹姆斯推着轮椅离开圣安德鲁的情景。其实，从在床上看到他的那一刻起，我就认定既然别人能做到，那么我也要做到。老实说，我觉得余生都用带头枕和扶手的电动轮椅就像是放弃了自己。我知道自己能做得更好。我不像詹姆斯那样，还能稍微活动下胳膊，但肩膀的顶部还有一丁点儿感觉和活动能力，如果正确地锻炼，就能用上它。

正如老话所说，先学走，再学跑，眼下我只能专心做自己做得到的事，增强力量。健身这块儿我很熟悉。我懂的东西也许不算多，但很清楚锻炼多有价值、多么让人沉迷。发生意外之前，我特别喜欢健身课，酷爱举重、跑步，锻炼身体的各个部位。参加橄榄球训练的时候，我非常重视实操背后的理论，又习惯用视觉形象去思考，因此很了解哪些肌肉能够做什么，哪种练习能锻炼到特定的肌肉。

锻炼有各种各样的好处，即便对我这种脊髓严重受伤的人，它也非常重要，能够减缓骨质疏松，增强免疫力，降低患糖尿病和心脏病的风险，促进肠道蠕动。现在的我不能按以前的方式锻炼了，不过，在理疗师的指导下，有那么几天我练得很顺利，锻炼后身体很累，心里很满足。

转入康复病房，大量的设备和技术对我张开了怀抱。于是我能做更多复杂又有效的练习了。康复中心的一侧有很多栏杆，可以利用它们锻炼肩膀。弗朗西斯会把我的肘部和双手固定在绳索上，挥动我的胳膊，鼓励我用肩膀的肌肉发力。起初这很难做到，但我运用视觉记忆，集中注意力，准确地找到了相关的肌肉，可以用尽全力锻炼它们。

而且我不去康复中心也能练习了，病房里的设备就很齐全。有一台特殊的自行车全天候供我使用，成了我的最爱。这种功能性电刺激康复踏车简称FES[1]，跟我在急症病房用过的被动式康复训练自行车完全不同，它更加复杂，可以真正地锻炼到我的肌肉，刺激和脊髓相连的下运动神经元。妈妈很快就熟悉了准备的流程——将自行车的护具套上我的腘绳肌、臀肌和大腿，这样运动起来就是我用肌肉带动自行车，而不是被自行车带动肌肉。这项锻炼能促进血液循环，释放全身的激素。我通常每天骑十二英里，几周后，平衡感和姿势都有了改善，皮肤变得健康有弹性，患褥疮的风险也减轻了。我对这项运动上了瘾：越是锻炼，就越想要锻炼；越想要锻炼，就越接近和露丝一起做复健的目标。

---

① 即 Functional Electrical Stimulation bike。

如果我今后想用不带头枕的轮椅生活，就必须有能力长时间保持平衡、坐直身体，因此需要专门针对后背进行更严格的练习。理疗师们要把我放在一条长椅上，一人从后面环抱住我的胸部或肩膀，另一人将我的肘部放到面前的桌子上。后面的理疗师会将我向前推，让我把体重压在肘部，想象双肘依次向前推，一遍又一遍地重复，直到把它们推到桌子对面。这是我在医院里做过的最累人的事，不过后背的肌肉确实变结实了。

医院的理疗师无疑帮了我很多，我也为理疗拼尽全力——甚至还不止——可令人沮丧的是，我感觉自己受到了限制。医院总体上采取的是保守式理疗，不太愿意做新的尝试，认为我这样的伤患只能用他们觉得合适的轮椅。他们通常要求四肢丧失活动能力的人使用头部操控式电动轮椅，但是我知道自己能打破成规。有时我觉得，要是我能把反抗现行医疗体制的力气拿去推轮椅，简直可以往返非洲一次了。

做理疗的同时，也有职能治疗师来照看我，他们的主要工作是帮我“做出调整”，回归“正常的”残疾人生活。这种调整用处不大，说实话我不太愿意做。我不是那种他们说什么就听什么的病人——不是因为不想听，而是因为那样太惰怠了。我不介意他们对我的手掌、手腕等身体部位做些工作，比如弯曲关节、让它们保持灵活；可另一方面，他们讲的卫生习惯、膀胱功能以及一些设备的种种细节都提不起我的兴趣。他们叫我上的团体课也有点乏味，不过是人们聚到一起，不停诉说自己的经历或者轮椅上的生活。偶尔也有发言人让我产生共鸣，要么让我感到震惊，要么改变了我看待事物的方式。有些轮椅使用者即使臀部和大腿皮肤都磨破了也坚持穿紧身牛仔裤，看到他们的可怕照片，我也真的很担忧皮肤护理和褥疮的问题。

我对心理咨询也不是很感兴趣。我知道咨询师只是在做她的本职工作，可仍然觉得她总在打探无中生有的东西。我在斯托克·曼德维尔医院遇到的最大麻烦之一，就是有个护士总劝我多跟咨询师谈谈，她说我还没有完全接受自己的情况，因为我一直跟他们作对，想用别的轮椅，想做常规治疗方案不认可的事，可这样逼迫自己也没有用。然而，我很清楚自己当时是什么情况。我不想做心理咨询，恰恰是因为已经接受了这种情况。我不是不明白自己的处境，只是不想仅仅照别人说的去做。

我从未拥有过如此强大的毅力。发生意外之前，我身体强壮，但心理脆弱，害怕尝试新鲜事物，因为担心失败，往往不敢走出自己的舒适区。现在我的内心却充满了力量。我想要努力证明，即使靠这具身体，我也能够有所成就。而要做到这一点，我只能依靠内心的力量。回顾意外发生前的人生，我总是把那么多的东西看得理所当然，没有用胳膊和双腿去多做些事。但是，与其去想已经做不到的事，我更该看看现在仍有机会做到的。我决定永远朝着自己的目标进发，无论大小，不只是为了自己，也是为了向家人、朋友、同学以及所有给过我大力支持的人证明，我对得起他们付出的时间和精力。

那个护士的话反而大大激励了我，令我更加努力地投入理疗。没过多久，我被告知可以回家过周末了。这个消息太棒了，但我非常明白，要想享受在家放松的乐趣，还有很多准备工作要做。我从早到晚都需要别人照料，可回家后不能再随时呼叫护士、医生和后勤人员，这份重担就落在了我的家人身上。

他们似乎并不觉得这是重担。自从新会诊医师提出我也许能回家过周末，妈妈就在忙着联络医院和地方行政机构，准备我居家所需的器材、物资和药物，练习驾驶专门改造过、可供轮椅上下的汽车，好接送我往返医院。她还准备了带轮子的床，安排了我最期待的事：和露丝的第一次见面。

回家实在太棒了。妈妈用工作样书里的彩纸做了一个“欢迎回家”的标语，爸爸和兄弟们都在外面迎接我。他们推着我穿过前门，大家的情绪都很激动。真的回到这里了，我才意识到自己经常想象家中的房间、灯光、空间和颜色，我多么想和家人围坐在餐桌旁，和兄弟们一起看橄榄球赛。而此刻真正回到这里，回到我生活过的温暖又舒适的地方，这种感觉超出了一切想象，令我第一次真正明白了家的意义。

大家开了一场热泪盈眶的欢迎会，又推着我在楼下环游一番。短期之内我还不能住回原先楼上的房间，第一晚便被安排睡在了厨房角落的窗户旁边，这感觉有点怪异。然后，露丝来了。她五英尺高，六十岁，直来直去，从不说废话。她的第一个问题就是："你好，亨利，你想要做到什么？"从这时起，她就准备好了帮我实现愿望：靠自己的力量推动轮椅离开医院。她从来没有质疑过我的抱负，我们一家很快就明白了詹姆斯为什么说她有过人的眼界。我已经见惯了医院"按照规定"来处理所有事——如果你受了某种程度的伤，就只能做A和B，不能做C，甚至永远不能做D——她却完全打翻了这一套："亨利，如果你能做A和B，不能做C，那也不代表你不能做D、E和F。"我知道，她就是我要找的那个人。发生意外后的这段日子，我已经走过了漫漫长路；我并不介意付出努力却不见成效。我会在失败的地方做个标记，要么下次再来试试，要么绕过它继续向前。

打一开始，露丝就让家人参与我的理疗，告诉他们能为我做什么，以及能和我一起做什么。第一天她就做了一件很棒的事：教会汤姆和威尔进行“站立式转移”——因为多姆太小了，而爸爸的背不好——这样就能把我抱出轮椅，放到沙发上躺着了。基本操作是这样的：一人站在我前面，跨立在我的大腿两边，胳膊伸到我的腋下，圈住我的背部，抓住并拉紧，让我挺直站起，然后带着我移动。她的指导非常明确、不带情绪：“用力拉，威尔！他又不是玻璃做的！”所以你会自觉地照她说的做，而且从来不用问第二遍。

她教给了我们截然不同的练习方式，让我躺在床上或沙发上都能锻炼，还有各种各样的小诀窍。她是理疗界的玛丽·波平斯[①]，让每件事都变得轻松省力又切实可行。

返回康复病房时，我带了很多家里做的食物（除了妈妈做的，祖父母也准备了一大堆）。我的心里充满

① 电影《欢乐满人间》的主角。玛丽·波平斯是一个保姆，她喜欢孩子并教他们如何在受挫后寻找快乐。

了希望，靠自己的力量推着轮椅出院的决心也更坚定了。医院的理疗师有自己的方案，理论上我不该再找私人理疗师，所以没有告诉他们露丝的事情，但也没有刻意掩饰：每次在家过完周末，一回到医院，我就会提出很多关于练习的新想法。只用了几周，我就把带头枕的轮椅换成不带头枕且稍小一点的轮椅了。这确实是一个很大的进步，让我更加看好自己了。

摆脱头枕之后，露丝说："做得好，亨利！"然后就让我找医院要一种带特殊轮子的轮椅。那种轮椅的轮子边缘装有小小的把手，是给能够微微活动手部的人练习推动用的。医院提供了这个设备，但是因为我的双手并不能动，这个要求加深了理疗师们的怀疑。即便他们之前没有意识到，这时也终于可以确信，我一定在外面找人做了理疗。再次见到露丝时，她给我看了一封信，是医院那位高级理疗师写的，信中十分明确地告诫她不要再来看我了。可能吗？她把信扔到一边，握住我的胳膊，把我的双手放在了轮椅的把手上。她让我想象拉动它。我闭上眼睛，集中全部的精神力量，专心调动起了斜方肌、胸肌、背阔肌，所有那些我感觉不到的地方，努力推动轮子。因为几乎无法动用那些肌肉，只能靠意志的力量，我试了很多次才终于奏效。一开始移动的距离极小，小到难以察觉，要是用这个速度把自己从病房推到车旁，大概需要十年时间。每一次稍微动一丁点儿，我都感觉自己走出了一英里。我一练就是几个小时——字面上的“几个小时”——在厨房和客厅里能移动多远就移动多远，精神和肉体上的双重负荷让我疲惫又兴奋。

这似乎成了一个转折点。医院的理疗师也看到了我在多么努力地练习推轮椅，知道我实现目标的决心不可动摇，于是没再多说什么，开始在我周末练习的基础上真正地配合我一起努力。他们给了我一把更小的轮椅——一把普普通通的轮椅，只是靠背稍微高点儿，能帮我保持平衡。他们告诉我，受伤程度和我差不多的人里，从来没有谁用过这种轮椅。

露丝觉得我可以尝试詹姆斯用的那种电动轮椅了，因此，当一家轮椅公司的销售员上门拜访时——

我始终很惊讶，竟然有这么多针对病人的推销——我们便请他带一个到医院来看看。这种轮椅给了我一种独立感，因为只要接通脖子旁边的远程控制装置，戴上有夹板的手套——让手指易弯曲，外面再戴一副露指的皮革手套——让双手握得更牢，我就能把注意力集中到肩膀，拼尽全力去移动。一旦开动，我就停不下来了，在病房和医院大厅里来来回回、进进出出。整个医院的人都跑来围观。这感觉真好。我开启了更加严苛的训练模式，离出院的终极目标又近了一步。

父母看到我试用这种轮椅时舒适又高兴的样子，就从销售商那里买了一把同款。意外发生之后，他们为我建了个信托基金，由于亲戚朋友慷慨解囊，德威学院和伯克姆斯特德学校还组织了捐款，我才有钱购买设备、请私人理疗师。人们的爱与支持让我受宠若惊，当它们带来一把能改变一切的轮椅时，我更是充满了感激。再也没有人会将它从我身边拿走，也没有人会让我用不合适的轮椅了。我感到安心，也觉得自己准备好了。

出院前的那周有些不可思议。我既为能够回家感到兴奋，又担心自己已经习惯了医院的服务。没有了它会怎么样呢？如果出了差错，家人应付不了，又该怎么办？有时我会产生严重的怀疑，自信也险些崩塌。大多数夜里，我这么想着想着就睡了过去。白天，我则拿出前所未有的专注力，一心练习推轮椅。我和医生、护士以及职能治疗师见过几次面，讨论了我的药物治疗、地方行政机构能为我提供的器材设备，还有日常的卫生问题。他们给了我很多额外的物品，尤其给了不少附腿尿袋。家人每天都会替我清理一下房间，取下墙壁和架子上的卡片、图画及照片，整理不知怎么就堆积起来的衣服和光碟之类的东西。

这一天终于来了。在医院待了六个月，我可以离开了。经过这段日子，我已不再那么容易激动，甚至在最后一天也相当平静。这天，对我而言最重要的事是向所有人证明：我能把自己推出医院。从病床到停车场的这段距离，六个月前我只要几分钟就能走完，此时却遥远得仿佛有好几英里。我坐上轮椅，双手放在轮子上，护士们纷纷站到病房的一侧，为我让出一条通道。此前几天，妈妈已经和很多人拥抱与泪别过了——她跟工作人员相处得特别好——我开始推动轮椅时，又有不少人哭了。我沿着通道来到大厅，穿过出口，到达停车场。威尔和多姆在车旁等着我。虽然无法活动和控制胳膊，我还是靠着肩部力量，就这样把自己推向了光明，推向了正朝我微笑的兄弟们。

我做到了。

第六章　鞭策自己

PUSHING MYSELF

我自己推着轮椅出了院，回到家里。我花了一些时间才适应生活的转变。因为除了依靠家人，我还特别依赖外面的看护人员，一天二十四小时都离不开他们。他们积极热情地照顾着我，给了我足够的空间和发言权。我们默契地保持着永远向前看的态度，这也再次让我意识到乐观与团结有多重要。

回想起来，在那段日子里，我的内心已经很坚强了。之前，尽管妈妈、爸爸和兄弟们多少都对未来生活乐观以待，我却总是在发愁，做什么事都小心翼翼。但这时的我会觉得，他们在帮助我，我也在以自己新养成的韧劲帮他们减轻负担。他们同样能从我身上获取能量。意外之后这段不算长的时间里，我变得坚毅多了，也不再害怕尝试新事物，即便最后没有成效。我仿佛重组了大脑，学会了不去关注错的东西，反而常常能看见对的东西：我努力取得的进步，无论多么微小。我们一家人都渐渐发现，专注于自己做得到的事，而不是做不到的事，就能变得更强大。我自己最大的感悟则是：奋斗赋予了生活意义。面前的挑战越大，我越能感觉到活着；挑战越大，实现目标的机会越大，而目标越大，我就能变得越好。

怀着这种崭新的人生态度，我将注意力集中到接下来的目标上。最清楚不过的一点就是，我需要尽可能地保持健康。身体的强壮——尽管我的“强壮”程度有限——有利于精神的强健，反之亦然。接下来的几个月里，我全神贯注地跟着露丝做理疗，每周两到三次，按照新的方式强化训练。我喜欢和她做理疗。在她的专业指导下，我学会了控制自己的身体，找到了增强后背力量的新方法，即便后背仍然没有感觉。有时我做的练习只是集中全部的注意力，在没有扶手和头枕的轮椅上坐稳。露丝不在时，我就用功能性电刺激康复踏车练习，它是用人们为我募集到的钱款买来的。

这段时间也不是一帆风顺。我总是要求严格，甚至到了有点强迫症的地步，比如一定要让别人把我的胳膊摆在大腿上垫子的某一处，或者在做某项训练时放某一首歌。

意外发生后，第一次见到阳光时，我内心充满了感激，而现在的每一天，我都会再次为某件事心怀感恩。别人温暖的鼓励、伸出的援手、朋友的问候，还有父母的朋友们不变的关怀，这些事情看似很小，却很重要。它们源源不断地到来，拯救了我的心灵。人们把你放在心上，你就能更从容地面对各种困难。

经过几个星期的调整，养成一套日常习惯后，我内心安定下来，开始构想下一个挑战，一个会让我的人生进入新阶段的挑战。光是想着它，我都感觉脑袋嗡嗡作响，心跳加速。我一边在康复踏车上练习，一边琢磨着具体的计划。我决定把这个想法告诉父母，设法实现它。

在学校里，我不是爱因斯坦那样的天才，但也一直表现良好、勤勉刻苦。虽然中考考得不错，可我仍然没有完成学业。我修完了高中第一年的课程，还想继续获得高中文凭，毕竟我做事从不半途而废：小时候，我可以拉着家人一起，连续好几个小时搭建复杂的乐高积木。其实早在出院之前，我的心里就有了重返校园的想法。我告诉父母自己想上完最后一年学，他们很惊讶，却非常支持。接下来的几个月，我们都在和德威学院的负责人讨论这件事是否可行。

我的脑子没出问题，它才是学习的关键。所以在我看来，回学校没什么不可行。我不想敷衍了事，也不想转到本地的学校，只想回到德威学院，平时住校、周末回家，像其他人一样上课，过尽可能正常的学校生活。

德威学院是个能创造奇迹的地方，老师和工作人员很开明，愿意无条件地配合我，所以返校看起来不成问题。为了方便我回去，他们做了所有能做的工作。其实早在我刚发生意外不久，他们就给了我不少支持。于是，新学年一开始，我便再次开启了高中生活，选了体育课和经济学课。我和学校商量好了，连上一整周的课对我来说太长了，从周日晚上到周四下午比较合适。会有位看护和我一起住，照顾我的起居，学校还非常慷慨地把宿舍楼的整个一层都给了我们使用。我们一人住着一间房，学校对我的房间做了改建，给浴室装了特殊的淋浴椅和多个加热器，让我能够暖和一些，就算我感觉不到，天还是挺冷的。

父母有些担心我要怎么迎接这个新挑战，我也一样，花了好一段时间才安定下来。我对房间很满意，这里有我熟悉的灯光，也挺舒适，但毕竟不是家里。虽然看护和工作人员会帮我，但妈妈不能继续在身边默默守护，我很大程度上还是要靠自己。我也意识到，换了新环境、有了新日程，我的身心都会受到影响。每天早上五点四十五分起床，晚上大约十一点睡觉，一天忙下来，非常疲劳。最初的几周得靠极强的决心和意志力才能挺过来。校服要穿整套，衬衫、外套、长裤和领带，对我来说不太舒服；一大早就忙着穿校服也让我头疼。最讨厌的一点是，我扣不上衣服最上面的纽扣，这成了大麻烦，我好几次都差点儿气疯。我的脖子已经变得很粗，肌肉过于发达，与身体其他部位不成比例，所以找不到合适的衬衫，让我很困扰。奇怪的是，有时最微不足道的事反而影响很大。别人会以为我该操心更大的问题吧。

不过，因为我得花很长时间准备出门，学校特许我不用每天早上报到。幸运的是，我的课大都在上午十点左右开始，所以不必一大早就到教室。学校把我的体育课上课地点安排在了经济学课的教室附近，缩短了课间移动的距离，这样一来，其他人下课后赶去另一堂课时，我就不用和他们一样匆匆忙忙了。学校还允许我随时小憩，不过我已经下定决心，上课时绝不睡觉。

我只修了两门课，时间上不算紧张。于是我调整好节奏，保证每节课都能去上。学校低调又从容地支援着我，很多事情我和父母都没开口，他们就想到并安排了，从不让我觉得自己是别人的负担。如果我不能准时完成作业，老师们不会介意，但如果我的论文写得马马虎虎，他们评分时也不会手软——我一般是周末在家里用语音识别设备写论文。我还感受到了很多人的善意和关照：宿管阿姨会悄悄将我最喜欢的巧克力塞进我的抽屉，分管我们宿舍的助教会在放学后找我聊天，问我今天过得怎么样。

我一周大部分时间都在学校，没法跟着露丝做理疗了，这令我很难受。但我学会了随机应变，能绕过问题，找到解决办法。我买了一个“滚道”，一种带滚轴的小型坡道，看护可以帮忙组装。只要将我推上去，我能在上面练好几个小时，用肩膀推着轮椅或快或慢地移动，主要看我累不累。朋友和助教来房间找我聊天时，我一般都在练习，努力让肌肉保持紧实，准备好回家继续上露丝的理疗课。我每周的练习距离能达到好几英里。我已经习惯了鞭策自己，这感觉真愉快。

返校之后，我的体重一直在增加。马奎尔夫人的巧克力是我长胖的一个原因，一天要吃的三顿大餐也“功不可没”。在男子学校，高热量食物很受欢迎，我也的确需要热量来补充体力。但一天放学后，我无意中照了照镜子，才震惊地发现自己胖了。过去，我的身材一直健康匀称，于是从那天起，我决心要改变饮食习惯。直到今天，我依然非常注意饮食，午饭通常不会吃太多，不然下午就会昏昏欲睡、无精打采。

显然，我不能记笔记，上课时也用不了电脑。学校建议我找个帮手，于是我们登了广告，很快就找到了海莉。海莉是心理学专业的研究生，我和她一见如故。她为人风趣，做事极有条理，和每个人都相处得很好。上课有她帮忙记笔记简直太棒了。她没修过体育课和经济学课，但陪我上完这一学年，她自己都能参加考试了（后来她还真的选了这些课）。海莉思维敏捷，非常聪慧，我们长谈过一些复杂的问题，我因此收获不小。

体育课考试需要用身体参与，而我做不到。考虑到我的情况，一位老师向考试委员会提议，不妨让我做个有实用价值的课题来代替。他建议我看一系列橄榄球比赛的光碟，用橄榄球超级联赛俱乐部的新设备来分析比赛策略、击球、前进传球，还安排了人来教我怎么使用这个设备——当然，最后实际输入数据的人是海莉。这是课业中我最喜欢的部分，而海莉很快又成了专家，尽管她之前并不了解这个领域。

到这时，我的朋友大都已经高中毕业了——他们上最后一年学时，我还待在医院和家中。不过，有个叫奥利的朋友还在上学。奥利是橄榄球交换生，来自开普敦，原计划在这里读一个学期，后来变成要上完整个高中。我很高兴他还在学校，很快，我们便总是一起消磨空闲时间。我认识了一些低年级学生，那些还在休整年[①]或已经上大学的同学也会回来看我。很多人即便离开了，也一直和我保持联系，关注我过得怎么样。他们才走了几个月，我就开始怀念起校园生活。有几个朋友利用休整年在学校打工，帮忙带低年级学生、做体育教练，他们也常来陪我。

学校并不只是学习的地方，社交也很重要。虽然大多数日子里，我都过着三点一线的生活——从宿舍到第六学级上课的地方，再到餐厅——但我总能接触到其他年级的学生。我惊喜的是，大家都把我当成普

① 学生进入大学前的一年休整期。

通人对待。起初一些年纪小的孩子不太敢接近我，但随着我渐渐融入校园，同学们看到我能说话，还能参与不少活动，就会过来和我打招呼，让我很高兴。

可是，虽然我在学校过得开心又顺利，身体却严重衰退了。我感到前所未有地疲惫，每周四下午妈妈开车来接我时，这种疲劳感会达到顶峰：我总是会睡着，一睡就是三四个小时，醒来时仍然坐在停在车道上的车里，因为妈妈和看护没法把我抬进屋。我一直坚持每周五和露丝一起练习，所以周末是我唯一可以放松休整的时间。此时距离那场意外只过去了十三个月，我没有意识到自己还需要多休息。我总是感觉很累，经常尿道感染，那一年有十五周的时间都请了假。

但是我做到了。六月，我和其他人一样参加了毕业考试，大家压力都不小，也十分紧张。海莉不能代我写答案，因为她也上过课，写出的答案可能比我想到的更好，所以最后是由一位老师代劳。他们延长了我的答题时间，我可以慢慢把答案口述给她。在经济学考试中，我口述了大概十六页。一旦进展顺利，我似乎就停不下来了，将学到的东西都讲了一遍，同时尽量做到有条理有重点。口头答题的感觉其实很怪，不能一边写一边想，无法立即做出微调。起初，我总是忍不住去解读老师的肢体语言——是不是我答错了，她就会身体一僵或者疑惑地盯着我？但很快我就适应了这种方式，开始专注于把答案说得连贯。经济学很复杂，要将理论记清楚已经很难，更别提说出来了，好在这回考的题目很有意思，我也能给出不错的答案。

顺利从高中毕业后，我对这段日子做了复盘。我已经变得更坚强，懂得专注于做得到的事，还像其他人一样完成了学业。我生病的次数比预料中多，让家人忧虑不安，但重返校园依然是正确的决定。离开校园时，我无比自豪，也怀有深深的感激。

再次回到家意味着又要调整一段时间，好在现在的我更加独立了，不再那么依赖别人。需要调整的不仅是我。我住校期间，父母也暂时回归了正常的生活，因为他们确信我很安全，被人好好地照顾着。现在我回来了，又得由他们来照料我的起居。这时我的身体处在过度疲劳的状态，接下来的大半年，我都专注于恢复健康，每周和露丝练习三次。效果不错，几个月后，我恢复到了发生意外以来最好的状态，有些练习动作甚至能做两百次。我再次感到身心健康，充满活力。这时，我就需要一个新的挑战了。

之前出院回家后，我利用语音识别技术建了个网站，向那些为我捐过款或仍在捐款的人分享我的康复过程，让慷慨的他们看到我的进步。上学期间，老师们也觉得这个网站能方便其他学生了解我的经历。刚开始我并不经常更新文章，毕竟我不是什么写作天才，但现在有了时间，我便不时登上网站，写下自己故事的续章。我用平板电脑写作，它是我上学时收到的圣诞礼物。

我写得显然还可以，因为我和兄弟们共同的熟人找上门来，请我给他们的橄榄球网站供稿，让我采访中学和大学的橄榄球校队运动员，分析他们有哪些可以改进的地方。我有些不放心自己的写作水平，不过这些主题本就是我经常和兄弟们讨论的，也不需要写得多有文学性，口语化些也无妨。

逼自己走出舒适区的结果令我惊喜。我曾担心完成学业并且养好身体之后，自己会产生一种巨大的空虚感，不知道如何填补。可我逐渐懂得，当机会出现时，即使有点挑战性，也该好好把握，因为这样生活才会有趣。我接到了威尔经纪人的电话，他说他很喜欢我的文章，问我想不想为 ESPN① 工作，我毫不犹豫地答应了。我运气很好，为 ESPN 的网站写了些文章之后，又给天空电视台供了稿，萨拉森人橄榄球俱乐部的总裁因此给了我一份一周做三天的工作。我主要是为他们的网站准备赛前材料，写文章介绍正在比赛的球队，统计相关数据，通过邮件采访运动员。

挣钱给了我独立感和价值感。我原计划读完高中就去上大学，但现在有了不同的选择：靠做我梦寐以求的工作赚钱。如果我再也不能打橄榄球了，有人付钱让我为自己热爱的领域写文章，当然也是幸事。

---

① 娱乐与体育电视网（Entertainment and Sports Programs Network），全球知名的有线体育频道。

萨拉森人橄榄球俱乐部的总裁爱德华·格里菲斯一直很关心我。有一天，他问我考不考虑做场公开演讲。我沉默了一会儿。写文章已经有点超出我自信的范围，公开演讲更是另一个层面的挑战了。我向来讨厌在公共场合讲话，甚至不敢在同班同学面前做课程报告。所以，我很钦佩那些能公开辩论和演讲的同学。我一直对做演讲没什么自信，但短暂犹豫之后，全新的亨利给出的回答竟然是：以前考虑过，但没时间去做。爱德华马上请了个同事来指导我。我开始和大卫·普利斯特利合作，他是一名心理学家，我们从我的个人网站上摘取内容，压缩又删减，争取将讲话的时间控制在半个小时之内。他处理演讲稿的方式真是一门学问，不仅保留了我经历的细节，还传达了我最重要的感悟。如果你遭遇了彻底颠覆人生的事件，就很难再置身事外，去思考除了事件本身之外，还有什么能让人感兴趣，你能在演讲中带给他们什么。那些不认识我的人，面对我的经历除了震惊之外，还能产生什么想法呢？又不是每天都有人会冲进海里，而我能警告他们别去了。我默默无闻，没有深刻的见解，也没做过令人佩服的事情。我最在乎的一点就是，演讲时不能给别人多愁善感或自怜自艾的感觉，我过去不会这样，现在也不会。另一方面，在谈论我的经历时，我当然要提到家人无条件的爱和支持，别人的善意，还有那些看似渺小却大大帮助到我的事物。我们就这样准备好了。

上过几次演讲课后，大卫说我该定下第一次演讲的时间了，不妨就定在二〇一四年四月。四月看似还很遥远，所以我同意了，仿佛这一天永远不会到来似的。但转眼间，三月到了，我最害怕的噩梦突然就要变成现实。演讲前的那周，作为实战演习，大卫让我在俱乐部的六名工作人员面前做了试讲。演习很有用，但我还是不断去想有五十名甚至更多观众的场景。听众会是萨拉森人第一队的运动员和工作人员，包括董事会成员，我马上就得真的面对他们了。演讲前的整整一周我都特别紧张，不知所措，担心每件事都会出错，害怕观众会一个个地离席，只剩下我独自在轮椅上面对空荡荡的房间。又一次被噩梦吓醒时，我感到这次的挑战确实有点过了头。

演讲当天，我和威尔同其他几个运动员一起吃了午餐。我太紧张了，食不下咽，牙齿不停地打战，几乎讲不出话。其他人入场前，大卫带我先进了房间，确认所有的设备包括头顶的投影仪、笔记本电脑都运行正常。我演讲时，他会用这些设备在大屏幕上进行展示。那天天气很好，阳光透过窗户倾泻而入，主持人介绍我的时候，每个人都在鼓掌，我能看到阴影里他们的一张张脸，但因为光线的关系，看不清他们是否正直直地盯着我。这让我放松了些，好像连大自然都站在自己这边。房间很大，我可以四下扫视，这也让演讲容易了些。全场安静下来，空气中升起一种期待，我告诉自己：不要让自己失望，讲出你想说的话。大卫冲我笑了笑，我开始了。

第一句话一出口，我就这么顺着讲了下去。也许，我其实一直在等待一个能讲述自己故事的机会，我想和其他人分享我经历的一切，让他们明白：尽管我四肢瘫痪了——对职业橄榄球运动员来说，这是最可怕的噩梦——但我挺了过来。演讲结束时，观众纷纷鼓起掌来，这是世上最棒的安慰。我突然觉得自己长高了一英尺，可以挺直腰杆直视他们的眼睛了。人们向我表示祝贺，我激动不已。

那天之后，我并没有就此打住，而是开始在运动俱乐部、慈善活动和各种学校定期演讲。我对着不到十个观众演讲过，也在好几百人面前演讲过，但至今仍不太敢相信，我竟然克服了自己最大的恐惧。每次演讲时，我都会经历一个跳脱出来的时刻，听着自己的声音在安静的空间中回响。我会想：这个声音真是我发出来的吗？这段经历让我明白了一件事，那就是在人生中，你可以选择不被打败。如果你决心做某件事，并且努力去实现它，就能克服恐惧，取得成功。我就是这样获得了前所未有的自信。

为萨拉森人俱乐部工作让我体验到了意料之外的新生活。但二〇一四年年末，我开始担心自己没多少新稿子可投了，写文章变得吃力。我的写作陷入僵局，观点和分析也不再新颖。这种时候，我可能更应该专注于演讲。我申请休一阵子假，好想清楚要做什么。爱德华和他的团队一如既往地包容，给了我三个月假期，并找了其他人填补我的位置。

几周后，我躺在床上，不耐烦地等着背上的褥疮痊愈。就在这时，我想到用什么来开启人生的下一篇章了。

第七章　奋斗赋予生活意义

THE ART OF
STRIVING
GIVES
MEANING

卧床等待顽固褥疮康复的感觉很糟。每躺二十分钟左右，我就得侧身让背部通风，然后换另一侧，之后还要倚靠靠垫坐着，以减轻皮肤受到的压力。换姿势全靠看护，他时而将我的双腿交叉，时而分开双腿，时而让我翻身，时而把我托起来，简直要把我逼疯了。我非常烦闷，只有坐起来的时候才能使用平板电脑，而这也需要别人帮忙——在我的腿上放好靠垫，再把平板电脑放到靠垫上。就算这样，我能玩的游戏和能看的电视节目也不太多。

一天早上，我随意翻看着各种应用程序，无意中发现了一个非常简单的绘画程序，于是点击了下载。我小时候很喜欢艺术，初高中都选了这方面的课程，但随着逐渐长大，这个兴趣变淡了。我觉得自己也许能用嘴含着笔来使用这个程序。我已经使用口含棒一段时间了——爸爸非常擅长改造东西，他在网上买来口含棒，又找到一支触笔，固定在口含棒末端，以便我输入文字。现在我也能用它来画画。其实，家人曾在斯托克·曼德维尔医院的墙上看到一排排用嘴作出的画，提出或许我也可以试试，但过去的我总是为了避免失败就干脆放弃尝试，所以并没有留意这事。

我的平板电脑里有一张约翰尼·威尔金森[①]在世界杯中落踢射门的照片，我试着临摹起来。这耗费了很长时间。屏幕有点小，而触笔笔尖有点粗，做不到特别精准。一开始我心情急躁，这似乎成了一项不可能完成的任务。但是我渐渐适应，在应用程序和约翰尼·威尔金森的照片之间来回点击，直到能够凭记忆重现照片。随着画面逐渐成形，我也记起了自己多么热爱艺术，又有多长时间没画过了。所以我坚持了下去，还在社交网站上分享了最终的成果。

① 橄榄球运动员，曾替英格兰夺得第一个世界杯冠军。

大家很喜欢我的画，给了我莫大的鼓励。人们和我素不相识，却愿意发来善意的赞美，这一点非常美妙，会让我感觉有底气。我一直在推特和脸书上分享自己的看法和生活，讲述自己是怎么适应现在的处境、保持积极心态的，通常都会收到友好的回复。但我也收到过一些恶毒的评论，比如有人说我一定在撒谎——如果我动不了胳膊，怎么能上推特呢？最可恶的一条回复出现在我开始画画的几个月后，一个女人说我“本就该死掉，不配在跳入浅海后继续使用四肢”。人竟然能说出这种话，这令我很震惊，但是我早就决定了要冷静地对待，不和他们计较，希望他们明白善意相待才是更恰当的。

有人为我的画点赞，我深受鼓舞。完成画作需要保持专注，我也没空再去想卧床一事，这令我感到安慰。第二幅画，我选了刘易斯·汉密尔顿①赢得一级方程式赛车世界冠军后的照片来临摹。绘画程序我用得

① 英国一级方程式赛车手，6 届 F1 世界冠军得主，是 F1 史上第一位黑人车手。

越发熟练，但是在画第三幅画——克里斯·霍伊[①]肖像的过程中，它崩溃了。我作画时常需要暂停，养成了随手保存绘画进度的习惯，但重新安装这个程序后，之前保存的文件却上传不了了。

幸好，潜水意外发生后，我早已学会了任何时候都保持一定的耐心，花时间去思考如何绕过问题。这应该是我最好的改变了。换作过去，我可能就这样放弃了画画。但现在，我去搜索了更多的应用，最后发现了一个叫作“素描”的程序。它含有多种多样的绘画工具，提供丰富的色彩选择。我又画了很多自己喜爱的运动员。没过多久，褥疮康复了，我可以再次下楼，身心都恢复了健康。绘画似乎给了我一种目标感。我继续画了下去，也有了更加大胆的抱负。

有一天，父母的朋友马丁和夏洛特来访，正好看到了我用平板电脑画的东西。马丁说他可以做一个画架，供我坐在轮椅上使用。看到人们仍在想方设法地帮

① 苏格兰男子自行车运动员。

助我，我非常感动。几周后，他带来了一个很大的木头架子。我被推了进去，发现面前是一块画板，周围是支架。我非常激动，当场就决定要试着在纸上画画。

我在网上找到了一些很不错的口含棒，不仅可以绑定钢笔、铅笔和画笔，而且轻便易操作。我开始用新工具画画，逐渐上手，并越来越沉迷。我首先画了罗里·麦克罗伊[①]，这幅画将放在朋友组织的高尔夫慈善日活动上拍卖。他本想把筹到的钱捐给我，但我觉得自己还有信托基金可以用，够富有了，所以建议把钱捐给英国干细胞基金会。我曾经给慈善日的来宾做过演讲，如今也能通过拍卖捐一些东西了。我本来担心这幅画没人竞标会很尴尬，结果它以不错的价格被拍走了，不禁大大松了口气。

这件事给了我自信：原来自己的创作并不太糟。之后，我便在这条路上继续努力，每天都画画，有时连着画几个小时，主要是铅笔素描。我最爱从眼睛开

① 英国职业高尔夫球手。

始画，因为通过眼睛可以捕捉到一个人的本质。我会以眼睛为基础创作其余部分，不会体现太多脸部细节，而是尝试展示这个人的关键特色。我收到了第一份创作委托——画奥黛丽·赫本。有意思的是，这幅画在社交网站上获得了很多关注，甚至有人提出要买它。

我又收到一些创作委托，画了几个月之后，我的轮椅的制造商莱基公司在网上看到了我的画作，主动提出专门为我改造一个画架，以便我使用颜料画画。这时距离我开始用平板电脑画画只过去了四个月，又一个新世界的大门打开了。我很快就不再打草稿，而是直接上笔，这给了我很大的自由。我用的是水彩颜料，因为相对省事，刷子清理后能继续使用，几乎不用更换，让我能够更加专心地作画。

我一般在起居室的桌子旁画画，这里有很多窗户，阳光倾泻而入，不用开灯。我发现每天中午开始绘画效果最好，通常可以持续四五个小时，直到一幅画完成。我要画画时，看护会将我推到画架旁，把我的胳膊放在腿部的垫子上，再放一块布在胳膊上，这样我就可以自己擦干刷子了。他们还会在地上铺一块毯子，以防颜料弄脏地板，接着打开收音机，调到音乐节目，然后离开。画画时我喜欢一个人待着，这样才能真正投入到绘画的主题中。通常我要完成一整幅画才会停下，不过也得时刻留心，避免受伤。前倾擦干刷子、蘸取颜料和水、重新在画布前坐直，这些动作都可能伤到脖子和后背，我必须非常小心，不能让核心肌肉承受太多压力。

用颜料和用铅笔绘画的感觉很不一样。我回忆起在学校里学到的技巧，试着上色和涂层，然后换成更小的刷子，增加深度和亮度。我接受的创作委托有要求画动物和风景的，必须灵活处理，我摸索了一段时间才对这些新主题有了自信。

德威学院的师生们仍然很关心我的发展，问我愿不愿意秋季回校园办一场私人画展，具体时间是二〇一五年十月十四日。学院刚启用了一幢三层高的新科学教学楼，里面有一个很棒的中庭，光线充足，正中央摆放着一艘船，以纪念校友欧内斯特·沙克尔顿[1]及其同伴的南极冒险之旅。我做了不少心理建设才相信自己的画足够优秀，可以展示出来。发生意外后，我人生的意义就变成了不断打开新的大门，尽可能地利用每一次机会，不管希望多渺小。所以，我答应了。

就在举办私人画展之前，我收到委托，要创作一幅英格兰橄榄球队队长克里斯·罗布肖的画像，用作《泰晤士报》世界杯增刊《对阵争球》的封面。我把作品交给了美术编辑，但还是不太相信他们会采用。收到已经出版的杂志时，我不得不深呼吸几次才平静下来。这幅画收到了一些好评，还有人想购买它的印刷版本。这件事就像给画作增添色彩一样，也增添了我办画展的信心。

准备画展的过程给了我不少压力。我们决定一共展出二十四幅画，让整个空间显得充实。这也意味着我要接触装裱、搬运以及悬挂画作等一系列工作。看

① 英国南极探险家，于 1907–1909 年和 1914–1916 年先后两次带领船队到南极探险。

到自己的画被安放在这个充满魔力的新空间，我真的非常高兴。学校邀请了各界来宾，我围绕自己的创作进行了简短的发言。像之前演讲时一样，我偶尔会跳脱出来听着自己说话，却有史以来第一次在公共场合破了音。我情绪过于激动了。我不知道自己为什么会这样。也许是因为这一刻来得太快，也许是因为有太多人来看我的画。不久前，我限量印刷了一些自己喜欢的画作，那天晚上卖出了很多。即使几天过去了，我仍然觉得整件事就像在做梦。

随着艺术事业起步，我收到了一些谈话节目的邀约，这才发觉自己在组织和管理方面需要帮手。我和黛安之前就认识，请到她来帮忙后，一切工作都变得井井有条，我的生活也轻松了许多。我想再办一场展览，于是征询了她的意见。她建议在格鲁夫酒店举办，那里离我家不远，而且可以提供会议场地。她给他们打了电话，也许因为我就住在附近，他们也看过当地媒体报道我的画作的新闻，于是愿意免费向我们提供新建的场地。我们决定在二〇一六年七月八日再办一次私人画展，九日举办我的第一次公开画展。

在母校展出二十四幅画已经是一个巨大的挑战了，举办公开画展则是我人生中从未计划过的事。不过话说回来，我的人生里又有什么是计划好的呢？我们估计填满整个空间需要五十幅画，于是接下来的几个月，我几乎一直在不停地画画。我又一次陷入了恐慌，一边画画，一边害怕，有时到了难以承受的地步。这两次画展的组织工作全由我们自己负责，包括邀请谁、用什么方式举办以及如何卖画。如果没客人来怎么办？如果邀请了别人，别人也不来怎么办？

准备的过程不是很顺利，我感到这超出了自己的能力范围，好几次都想独自逃跑。到了晚上，我就失眠又胸闷，还以为只是焦虑和紧张造成的，没有告诉任何人。我没有时间生病或软弱，为了坚持画下去，只好通过弯曲和拉伸身体来缓解胸闷。

还有一件事让我发愁：格鲁夫酒店让我邀请一些名人前来。这个场地是全新的，酒店方想尽可能地增加曝光率。我很乐意帮忙，联系了很多人，大部分是橄榄球运动员、电视台记者和体育记者。我给他们发了消息，说明当天晚上的安排。令我惊讶的是，好几个人都愿意来。随着画展的日期一天天临近，我不敢确定他们是不是一定会到场，便又焦虑地安排家人和朋友去找他们谈话，尽力表达我们的欢迎。

我将画展命名为“从手到嘴”，因为它直观地说明了我经历的变化：曾经能使用双手，现在却只能用嘴。从手到嘴也意味着我以后要靠有限的活动能力生活。悬挂画作的时候，妈妈耐心地（有时也难免不耐烦）听我指挥：不对，再向左稍微移一点点——直到把所有的画都挂完。场地很漂亮，有明亮的玻璃窗，阳光可以洒进来。

尽管我一直不放心，邀请的那几位名人终究还是来了，引起了一阵小小的骚动。我先暂时关闭主展区，在门厅里进行了简短的演讲——这里挂着我创作的“字词画”，还播放了一段我作这些画的录像。演讲结束后，我们便打开通往主展区的大门，这时大屏幕上展示了我画《鹰眼》——一幅关于老鹰的画——的过程，为现场增加了些戏剧感。这之后，我便放松下来，在一场场谈话中度过了接下来的夜晚。我和大约一百五十位宾客聊过天，后半夜才回到家中，整个人精疲力竭却很兴奋。

第二天阳光明媚，换作平时，如果我头一天深夜才回家，第二天应该会好好休息，可中午我又去了格鲁夫酒店，因为还要办公开画展。我又开始担心自己邀请的人一个都不来。但幸好我错了。那天有将近一千人到场，大家都耐心地排着队，有些人为了和我聊聊专门等了很长时间，不少人还买了印刷画，有些画几乎一售而空。我和参观者们聊了差不多六个半小时，中途没有休息，一直处于一种不可思议的高度兴奋中。

我请了黛安、多姆和他的女朋友以及另一个朋友负责处理订单。最受欢迎的三幅画分别是《大猩猩》《狮子》和《奥黛丽·赫本》，它们的印刷画几个小时之内便卖光了，事后想来，我们本该多印一些的。我也喜欢在限量版印刷画上签名，很期待能签上二百五十张，甚至更多。格鲁夫酒店空间广阔、设施完备，人们看完展览后，还能在这里吃午餐或绕着院子散步，度过一整天。

那天晚上回到家，我彻底累垮了。从极度兴奋中平静下来后，之前刻意忽视的胸闷并没有消失，反而越来越明显。画展结束，我们去了多塞特郡。我平日里喜欢坐着晒太阳，但这次没晒多久皮肤就变得通红，全身发冷，牙齿打战。接下来的几个小时，我一直不停地颤抖，父母不得不叫来了医护人员。我非常难受，用了抗生素也没好转，开始吐血。接下来的几个星期，我的身体状况都特别差，这是我离开医院后第一次病得这么重，甚至似乎比表兄妹们来看我却被打发走的那次更糟糕。我再也不会忽视胸口的不适了。

我恢复得十分缓慢，意识到自己必须调整节奏。我想实现的目标越多，就越需要时间，需要注意保持身心健康。之前我既坚持上理疗课，又忙着准备展览，身体负荷太大了。这次的事情让我明白，不能对自己太苛刻，一旦生病，更容易停滞不前甚至倒退回原点。

这次的画展令我非常满意，不管是举办的场所、出席的人数，还是亲朋好友为满足我的愿望一起努力的样子。静静回味时，想到自己竟然完成了这么多画作，还得到了大家的认可，我仍然有些不敢相信。完成画展所需的画作，又接了很多创作委托，加上胸部感染，还要担心没人来画展，以上种种都让我疲倦不堪。我决定以后少给自己揽点事。

我接受创作委托已经有一段时间了。最初的委托都来自家人和朋友，但自从我将画作放上个人网站，外界的委托便渐渐增多，大部分是请我画宠物、家人或其他意义重大的事物。目前为止，我最喜欢的委托来自两位朋友，乔希和莉齐，这对夫妇分别私下委托我为对方画一幅画。因为画展，我只好让他们稍等，但一有空闲就尽快为他们画了起来。莉齐委托我画的是乔希跑完伦敦马拉松后，他父亲朝他喷洒香槟的画面。乔希则委托我画克利夫顿吊桥下的河口，他和莉齐在布里斯托尔上大学时，第一次约会的地点就是那附近的酒馆；那里每年都会举办热气球节，所以我把这个元素也加了进去，最后呈现出了一幅色彩斑斓、充满幸福的画，我很满意。这也是我当时画过的最复杂的画，因为那座桥特别直，要找准桥上的视角并正确呈现出来对我来说是个挑战。

这两幅画本来是他们为彼此准备的生日礼物，而我被迫推迟了画画的时间，所以他们只好把自己的秘密计划告诉了对方。我邀请他们一同过来，他们看到另一半准备送给自己的画时，那个场面真有意思。我把乔希给莉齐的礼物放在了旧画架上，莉齐给乔希的则放在新画架上，依次揭开。当时，我感觉自己像个真正的艺术家，给自己的作品揭幕，为满足客户的需求、成功制造惊喜而感到欣慰。

绝大部分委托作品画起来都很开心。我一般会让客户寄几张照片给我，从中选出最值得参考的。我会花时间研究，尽可能地了解要画的对象。画宠物总是格外令我舒心。我小学时的朋友有个妹妹，我很多年没和这个朋友联系过了，他妹妹写邮件给我，委托我画他们家的几条狗，准备作为送给哥哥的生日礼物。

这几条狗是他们小时候的宠物，彼此间的关系很亲密，但其中一条已经去世多年。于是我用PS将狗狗们拼到了一起，让它们紧紧依偎着彼此，就像死去的那条狗还活着一样！吊桥之后，我接到的最棘手的委托是画一艘帆船，一方面，为了适应船的高度我只能侧着画；另一方面，我弄错了帆的颜色，怎么都改不过来，只好重画——这种错误我至今也只犯过三次。

一些委托我只能拒绝，因为画不出来，比如要求我画一群人。要想把每个人都画进去，就必须把他们的脸画得相当小，就得处理很多细节，这对我而言太难了。不过，我画过一位父亲和他的两个孩子，因为他们的样子深深打动了我。父亲俯视着两个孩子，他的脸不需要画得特别细致，孩子们很小，画起来也相对容易点。

有些委托让我想掐自己一把，确定不是在做梦。意外发生后，马特·汉普森基金会将我列为他们的受益人，于是我用他们为我筹到的钱买了一个全功能训练器。基金会创始人马特——大家也叫他汉博——是英格兰二十一岁以下组别的橄榄球运动员，二〇〇五年在训练中受伤，脖子以下瘫痪了，得靠呼吸机维持生命。他建立基金会是为了帮助因运动而受伤的人，倡导大家“好好活着”。他行事慷慨、富有远见，坚持不懈地帮助他人，对我产生了积极的影响。我成了基金会的热心拥护者，只要能发挥一点作用就感到特别光荣。马特告诉我，森宝利[①]想用我的画制作二〇一七年的日历，我欣喜若狂。他们问我能否再画一些残奥会运动员，于是我选择了埃莉·西蒙斯[②]、戴维·韦尔[③]和乔尼·皮考克[④]，三人都是体育界的传奇。这时基金会正好在筹建“好好活着”中心，一个提供最新、最先进的康复训练的机构，我售卖日历的所有收益都会直接捐给它。

---

① 英国第二大连锁超市。

② 英国游泳运动员，曾在 2008 年北京残奥会和 2012 年伦敦残奥会上获得四块金牌。

③ 英国田径运动员，曾在 2008 年北京残奥会和 2012 年伦敦残奥会上获得六块金牌。

④ 英国田径运动员，曾在 2012 年伦敦残奥会的田径男子 100 米比赛中打破世界纪录，夺得金牌。

有人问我是否真的觉得自己是艺术家。我认为比起其他方面，我更多是靠作画这件事来定义自己的身份，但我不能毫不犹豫地回答“是”。我觉得要有相当的积累，才配得上艺术家的头衔，而我仍在朝着这个方向努力。在社交网站的简介中，我确实自称“用嘴画画的艺术家”，但我觉得自己离真正的艺术家还有距离。从我躺在床上试着用应用程序绘画以来，才仅仅过了几年时间。我还在学习各种各样的技巧和绘画方式，仍在发展自己的风格。

我很明白这一点：不幸给了我一份礼物，让我发现了自己原本无从知晓的能力。对此，我非常感激。

第八章　每一天都是美好的一天

EVERY DAY

IS A GOOD DAY

我在“从手到嘴”画展上展出的“字词画”得到了大家的认可，引起了热烈的讨论，对此我很惊讶。从那天开始，一直有人买印刷版的字词画。画中的词句是我精心挑选的，但确实没想到会产生这么大的反响。如今仔细想想，我觉得这是因为比起图像和照片，词句更能让人们直接了解我的想法。我选择的词句是“接受和适应”“心怀感激”“了不起的小事”以及“每一天都是美好的一天”，它们都深深体现了我的身心状态，也展示了我的人生观。

人们会对我处境的方方面面和我的残疾状态感到好奇，想知道我如何维持简单的日常生活、如何保持积极的心态，而我选择的词句似乎正好解答了他们的疑惑。我很晚才意识到文字的力量。上学的时候，我并不太喜欢文学，只是偶尔看看书，读的还大多是体育传记。直到躺在医院的床上，一遍遍地念着人们精心写下并传递给我的词句，感受着字里行间的震惊、同情、希望和爱，我才慢慢领略到文字的力量。

从那以后，每当谈到自己的处境，尤其是在演讲时，我都会试着锤炼措辞。你用多少句话来表述一件事都没错，但想做到既表达内容又传达感受，还要忠于自己，是很困难的。我仍在探索适合我的演讲和个人网站的表达方式，但放在画上的这些词句对我也非常重要。

我当初轻轻松松就想到了“接受和适应”，这两个词构成了我这段旅程的基础。我们都陷入过逆境，在生活中的某些时刻必须处理或大或小的困难。但处理困难与直面并接受它是两码事。你也许会身患疾病或遭遇剧变，每天都忙着解决现实问题，但如果只顾着盼望一切变好而否认不可避免的结果，你很快就会碰壁。我相信，只有“接受”诊断和预后，才能真正地前进。

直到在斯托克·曼德维尔医院第一次坐上轮椅，

我才开始接受现实。在那之前，我没有亲眼看到自己实际的模样，始终暗自以为一切都可能好起来：我会好转，从床上坐起来，走出门去，回归葡萄牙一事之前的生活。但在玻璃门上看到自己的那一刻，我意识到现实是多么严峻无情；那个充满痛苦的漫漫长夜，我落入不幸的深渊，这才终于学会了“接受”，明白了自己不能继续消沉下去，要坦然处之，勇敢地面对不幸。看开一切，就意味着接受了这一切。我到过深渊，重新回归生活的唯一方式就是背对黑暗，朝着光明前进。直至今日，在所有我必须面对和解决的事情中，接受现实无疑是最困难的一件。

“接受”会给你前进的力量，一旦迈出一步，你就能够“适应”。脖子以下瘫痪似乎意味着，我除了适应之外别无选择。但怎么会没有呢？接受现实并主动去适应，不但给了我一种内在的力量，还给了我更多的选择和机会。我必须学会以全新的方式生活，一些事，比如用嘴画画、写字或者在社交网站上与人交流，刚开始需要大量的练习，但很快就能适应；另一些事，比如逐渐了解自己身体的局限，则需要不断地调整、反思和接受。过去的几年里我执意想要做到一切，但现在的我明白了，如果这周要出门，还要完成委托创作或演讲，就需要减少理疗课。如果我感觉不太舒服，就应该减少工作量，取消理疗课，多多休息，直到好转。这并不是什么大的调整，但会让我好受一些。在这一点上，我和其他人没什么区别。每个人太过忙碌时都需要休息，承认自己比其他人需要休息更久也没有任何问题。

适应也意味着要找到平衡点，一边以健康而有意义的方式鞭策自己，一边清醒地认识到自我鞭策是为了更好地督促自己，而非向他人证明什么。这是一个循序渐进的过程。我刚回家的那段日子，如果你告诉我接下来的一周不能做理疗，我会难以接受，因为那时我能做的事情很有限，练习就是其中之一，无法锻炼在我看来很糟糕。但随着时间流逝，我能更好地掌控自己的生活了，也就能坦然放弃一部分日常活动，因为我知道即使这周不锻炼，下周也可以。健康的心态确实能造就健康的身体。

“接受和适应”引领我在实现价值的新道路上前进，“心怀感激”则影响了我的态度。《心怀感激》这幅字词画引起了很多人的关注，我想这是因为，人们看到我坐在轮椅上却仍然心怀感激，就会觉得至少应该感激自己还能行动自如。

但这并不是“心怀感激”的真正含义。我不是要对比我不能做什么，其他人能做什么。这弱化了我想表达的主旨。心怀感激是指环顾四周，重新看待所有我们原以为理所当然的小事。当我不能吞咽、口渴到每一分钟都十分难挨的时候，妈妈让我吮吸了浸水的海绵，那几秒钟我心里充满了感激。我意识到自己此前从未品尝过水的味道。当我一连数周躺在没有窗户的房间、极度渴望阳光的时候，才发现没有阳光我的生命会枯萎。之后终于来到室外，我简直不知如何表达对这些之前从未认真想过的事物的感念之情。

就拿温暖这种最基本的东西来说吧。绝大多数人都喜欢春天和夏天，喜欢阳光和漫长的夏季夜晚——

因为空气中仍旧保持着白天的温度，喜欢寒冷和黑暗已经过去的感觉。但是，因为我的机体不能自主调节温度，便很难说清温暖的天气对生活质量有什么影响。绝大多数时候，我感觉不到自己的体温，不知道天气是冷是热。为了保持稳定的体温，无论出门还是待在室内，我都得穿着保暖的衣服、戴着帽子。每当天气变凉或者仅仅是没那么暖和了，我就必须待在自己的房间，把暖气开到最大，其他人大都会热得待不下去。我还得在这里吃早餐，因为换了房间后，需要很长时间才能确定合适的温度。因此，我格外感激温暖的天气，尤其是夏天。我最爱的便是夏季的周末，因为时间流逝得很缓慢，我知道冬天被我远远抛在了身后。

对原以为理所当然的事物心怀感激，我很高兴能有这样的体验。这意味着我坐在外面时，能够真正地环顾四周，看见一草一木以及阳光的美好。这听起来有些夸张了，但还远不及我对家人、朋友以及助我渡过难关的所有人的浓浓感激，他们无条件的爱、支持和配合构成了我生命与幸福的基石。

但感激也可能令人疲惫、带来压力。你不该被这种感情压倒，不能每次感受到他人的善意、看到太阳或星星，都让它占据你的脑海。如果每一次有人为我做了点什么，我都必须深深感激，那根本无法生活。我一天中说谢谢的次数，只怕得把一生的感谢都表达光了。对我而言，“心怀感激”能让我把目光投向残疾之外的事，让我克服自怜，绝不沉湎其中，保持积极的心态，感谢自己拥有的一切。对永远失去的东西耿耿于怀只会让我备受折磨，更加痛苦。

当然，坐轮椅本身不是什么好事，如果我说生活中的每件事都值得感激，那我一定是疯了。事事都要依赖别人是非常绝望的。夜间不能改变睡姿让我很烦躁。每次更换看护都必须重新说明自己的各种需要，令我沮丧。胸部或膀胱感染，恢复的速度不如从前时，我也很懊恼。仅仅是坐轮椅这件事，便消耗了我许多精力。

我现在使用的不带头枕和扶手的轮椅，原本是为受伤程度更轻的人设计的，所以我整天坐在上面并不像看起来那么轻松。为了保持平衡、坐得端正，我必须调动少许有效肌肉的全部力量，这么做其实非常累人。无论是坐着、画画，还是看电视，我都不能完全放松，加上必须长时间锻炼，导致我总是很疲劳。有些时候，躺在床上成了非常诱人的选择。但那不是我真正想要的。只有坐上轮椅我才能过上现在的生活，才有锻炼的动力。我越是强壮，就越能在轮椅上长时间保持平衡，享受它带给我的自由。带头枕和扶手的轮椅十分沉重，而我的轮椅非常轻便，有利于我四处活动，也让帮助我上下楼或穿过人群的人轻松了许多。

在家时，我会把胳膊放在大腿处的垫子上，而外出时，为了将关节固定住，我的肩膀会被绑起来。坐没有扶手的轮椅有个后果：我的肩膀半脱位了。因为没有肌肉可将关节好好固定住，肌腱和韧带被拉开，我的肩部关节产生了间隙，现在仍然很疼，移动胳膊必须非常小心。通过有针对性的训练，如今我的肌肉力量增强了一些，但间隙仍然存在。将肩膀绑起来有助于关节复位，我也可以更舒服地在轮椅上坐稳，同时积极地加强锻炼。每次绑定肩膀都需要一些时间，这让我学会了事前做好计划，留出足够的时间来做准备，尽管这件事令人沮丧。

但沮丧和感激并不矛盾，令我沮丧的事情也总有办法解决。关键是关注我能做到的，而不是做不到的。对自己能做的事心怀感激至少可以让周围的人看到，我很感谢他们为我做的一切，这一点非常重要。

周围的人为我做了很多，大家的体贴和善意让我的生活无比充实，这启发我创作了第三幅字词画《了不起的小事》。我毫不怀疑父母和兄弟们对我无条件的爱，以及他们对彼此无限的情感支持。在最初那段黑暗的日子里，是他们的爱与鼓励帮我渡过了难关。

我依旧能清晰地回想起来，爸爸在经济萧条的日子里努力工作，无论压力多大，每晚都来看我；汤姆每周末都从大学回来，无论这会不会影响他的学业和社交；刚开始职业橄榄球生涯的威尔每天都来，无论训练多么繁重；正在准备中考的多姆每天一放学就过来，在我的病房或医院的自助餐厅里写作业；妈妈一直形影不离地陪在我身边，在这个令人迷茫的新世界中为我们所有人指引方向……这样的例子数不胜数。没有摆出夸张的姿态、没有矫揉造作，也不需要任何人告诉他们：这是你要做的，这是别人期待你做的，来这儿，去那儿，做这个，做那个。相反，他们释放的爱的浪潮滚滚而来，直至今天也在不断为我做着了不起的小事。如今，我的残疾已经成了常态，但我从未将大家为我做的任何事看得理所当然。外祖母和阿姨会专门做我喜欢的食物，兄弟和好朋友们随时可以陪我看橄榄球赛或出门消磨时间，父母的朋友们一直记挂着他俩，这些都让我很感动。

我们一家人永远不会忘记亲戚朋友们在我住院期间做的事，比如在我家门口放食物，好让兄弟们吃上像样的晚餐；或是寄卡片和发信息给我。这对我们意义重大。有大家记挂着我们，表达支持、赠送食物或提供别的帮助，那些黑暗的日子才变得光明了许多。如果现在我听说某位朋友、亲戚或打动我的陌生人陷入了不幸，我也会想办法帮助他们、安慰他们。

幸运的是，我在社交网站上比较受关注，任何时候，只要人们对我发布的画作和想法给出正面评价，我都会很高兴。有时我也会感到不好意思，因为会有人联系我说，当他们身陷困境时，我帮上了忙：他们读了我的故事，了解到我是如何接受和适应这一切、鞭策自己努力前进并且保持乐观的，从我的经历中他们也学会了以不同的方式看待未来。我觉得，这就证明了我做那些小事不但是正确的，对某些人而言甚至也是重要的。

人们似乎会留意我说的一些话，所以我最近受到鼓舞，开始分享自己对更多问题的看法。目前，残疾人抚恤金的发放和为残疾人提供的机会往往是由健全人决定的，而这些人并不真正了解残疾人的生活。我的看法很简单——给残疾人他们需要的关照，他们就会对社会有所贡献；如果只满足他们最低水平的需求，他们就只能挣扎在生存线上，无法对社会做出贡献。我和许多人一样，都觉得残疾人正因残疾受到惩罚，而这非常不公平。眼下我还是比较习惯在社交网站而非更广阔的政治平台上发表意见，但未来情况也许会变，如果人们确实想听，而我能够为与自己相似或比我更不幸的人发声，我也许会面向更多人说出观点，讨论残障人群亟待保障的权利。因为不这样做是不负责任的。

演讲的时候，我习惯按照稿子来，但也喜欢回答观众们的问题。有几个问题我经常被问到：我是否认为，医学进步以后，自己可以再次活动胳膊或行走；我能否拥有正常的社交生活，比如去夜店、谈恋爱；以及，我如何看待未来。

最初住在葡萄牙的医院时，父母热衷于跟我讲医学多么神奇，发展得多么快，可以使难以置信的事情成为可能。但这很大程度上是因为他们还处于震惊状态，不愿意面对我的实际情况。其实我们并不了解脊髓伤病的基本知识，更别提治疗方法上可能出现的进步了。

但是，在我发生意外的五年之后，医学进步真的做到了让残疾人再次行走。这是英国伦敦大学学院的神经系统科学家杰弗里·雷斯曼取得的成果。（令人悲伤的是，雷斯曼已于二〇一七年一月过世。）接受治疗的残疾人叫戴瑞克·菲迪卡，他在家门口被妻子的前夫捅了很多刀，导致腰部以下瘫痪。而现在，在腿部支架和助行架的辅助下，他又能行走了。雷斯曼及其团队做了一场富有开创性的手术，在菲迪卡先生鼻子到头部的神经中提取细胞，移植到脊椎上宽约八毫米的伤口中。受损的神经细胞得以再生，修复了脊髓，现在他腿部、肠道和膀胱的伤口处又有了知觉。如果继续好转，他将成为脊髓瘫痪后通过手术康复的第一人。

通过移植自体干细胞，一切有了可能。仔细研究这个案例后，我坚信干细胞疗法是治疗某些功能性衰退疾病的最佳方式。我加入了英国干细胞基金会，开始募集资金，并向人们介绍基金会做的工作。前路漫漫。菲迪卡先生受的伤没有我重——他的胳膊还能动——而且手术的长期效果如何、是否适用于其他人，目前还无法评估。但是对于这个问题：“你认为自己还有机会自主活动胳膊或行走吗？”我的答案是：在我的有生之年不太可能，但随着干细胞研究领域取得令人兴奋的进步——我对此一直心存感激——谁又知道会发生什么呢？

在社交生活方面，我经常和兄弟及好朋友们一起在外彻夜玩乐，或是周末出门游玩。喝酒时，我会尽量保持清醒，留意周围，尤其是其他人也在喝酒的时候。但我常常被人们的善意触动：他们会齐心协力地提着我的轮椅上下楼，帮助我上下出租车，确保我不会感觉被忽视。我发现，成年人提出真正想问的问题时会更加拘谨，孩子们则会更直接地问出他们关注的东西。我一直被他们问各种各样的事，从如何上厕所，到如何将盘子里的食物送进嘴里，再到如何穿裤子。

而我听到最多的一个问题是：“鉴于你的情况，你一定有过消沉的时候。在那样的日子里，你会问自己，为什么是我吗？”

回答这个问题时，我会看着提问的人，认真地告诉他们：每天醒来，我都很感激自己在生命中拥有的一切。我环顾四周，就会想到我的家人和朋友，想到父母给了我和兄弟们生命，这多么不可思议。我每天醒来都做着喜爱的工作，在很多方面挑战着自己的能力，总是在学习，总是在前进。能做到这些的人并不多。所以回顾人生，我认为自己非常幸运。我怎么会消沉呢？有那么多值得开心的事情。

不断去想我原本可能怎么样毫无意义。过去已经发生，不可能改变，只能接受。如果你总是关注自己做得到的事，而非做不到的，生活会变得更容易、更快乐。

每一天都是美好的一天。

致谢

感谢所有为我们一家人做过了不起的小事的人，是你们让我们的生活变得更加快乐。应该提及的人名太多了，你们自己一定心中有数。我们将永远感激。

感谢尼尔・布莱尔邀请我写这本书。还要感谢我的代理人约瑟芬・海耶斯和佐伊・金。感谢阿曼达・哈里斯、奥莉维亚・莫里斯，以及为了这本书的出版辛勤奔走的每一个人。特别感谢吉莉安・斯特恩，是她将我口述的内容整理成了文稿，让我能够讲出自己的故事。

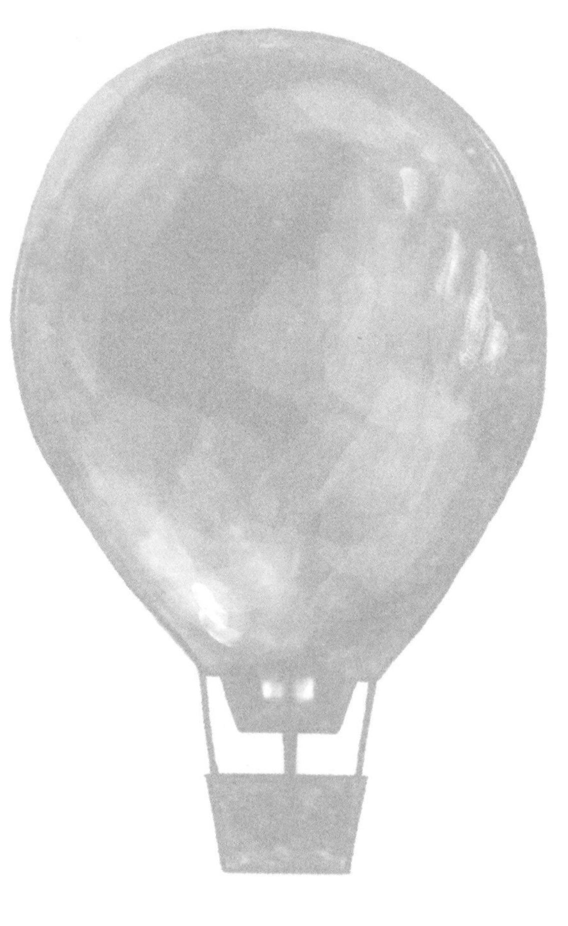

附录

亨利其人

亨利·弗雷泽是英国画家、励志演讲家。十七岁那年，一场悲剧性的意外导致他脊髓严重受损，从此肩膀以下瘫痪。他克服了难以想象的困难，拥抱生活，开启了一种新的生活方式。

亨利借助专门制作的触笔和画架用嘴作画，成了一位颇有成就的画家。他在二〇一六年七月举办了第一次画展“从手到嘴”。他为《泰晤士报》的“二〇一五年橄榄球世界杯赛”专题创作了一系列绘画，从J.K. 罗琳到英格兰橄榄球队、板球队，都成了他的铁杆支持者。

亨利以“鞭策自己”为主题为很多知名机构和运动队做过演讲，包括萨拉森人橄榄球俱乐部和英格兰七人制橄榄球队。他的演讲鼓励一些人走出了舒适区，从人生的挑战中寻找礼物。亨利完美地诠释了他所说的“始终对生活保持积极”的态度，也热情地鼓励其他人这么做。

亨利还热心公益事业，是英国干细胞基金会、马特·汉普森基金会的捐助人。

二〇一七年，亨利被列为英国“百位最有影响力的残疾人”中的第七位。

个人网站：www.henryfraser.org

作品网站：www.henryfraserart.com

英国干细胞基金会

官网：www.ukscf.org

自人类诞生以来，就有一些人因为未能解决的医学难题而早逝。尽管最近两百年间，医学取得了极大进步，每天仍有很多人被告知，他们的问题尚未找到有效的治疗方案。

二〇〇六年，英国干细胞基金会诞生。它的使命是推进振奋人心的新型细胞治疗法，主要基于临床治疗，向没有太多临床选择的个体提供帮助。在基金会的努力下，全英国已经募集到两千五百万英镑，用于开发高水平的治疗手段。

该基金会是唯一一家推进干细胞治疗法的慈善机构，仅资助有望在中短期内投入临床使用的研究。新的治疗方法已经被应用于一系列临床试验中。

这项事业不仅对患者有益，也确保了英国在新产业领域的有利地位。

马特·汉普森基金会

官网：www.matthampsonfoundation.org

马特·汉普森在二〇〇五年受伤后选择好好活着。

马特·汉普森基金会的宗旨：我们帮助受过重伤的人好好活着。无论他们选择回归运动场，还是仅仅调整自己适应新的生活，我们都予以支持。我们所有的受益者都将好好活着，我们为此自豪。

我们的宗旨是：鼓励和支持在运动中受过重伤的年轻人。

我们的使命是：好好活着。创建支持网络，支持那些在运动中受了重伤的人及其家人，方便他们通过共享信息和分享经历互相帮助。

图书在版编目（CIP）数据

胜利的感觉真棒！／（英）亨利·弗雷泽著；张三天译．—— 海口：南海出版公司，2021.4

ISBN 978-7-5442-8122-5

Ⅰ．①胜… Ⅱ．①亨… ②张… Ⅲ．①回忆录－英国－现代 Ⅳ．①I561.55

中国版本图书馆CIP数据核字（2021）第019706号

著作权合同登记号 图字：30-2019-117

THE LITTLE BIG THINGS

胜利的感觉真棒！
〔英〕亨利·弗雷泽 著
张三天 译

出　　版　南海出版公司　（0898）66568511
　　　　　海口市海秀中路51号星华大厦五楼　邮编 570206
发　　行　新经典发行有限公司
　　　　　电话（010）68423599　邮箱 editor@readinglife.com
经　　销　新华书店

责任编辑　黄宁群
特邀编辑　刘悦慈　敬雁飞
营销编辑　杜珈琦
装帧设计　陈慕阳
内文制作　张　典

印　　刷　北京天宇万达印刷有限公司
开　　本　850毫米×1092毫米　1/32
印　　张　5.5
字　　数　60千
版　　次　2021年4月第1版
印　　次　2021年4月第1次印刷
书　　号　ISBN 978-7-5442-8122-5
定　　价　49.00元